父と子の絆

平塚　進

HIRATSUKA Susumu

文芸社

はじめに

自分の人生を振り返り、文章にしておくことは大事なことである。しかし私は、学生時代、地方の医学部の一時代の闘争の指揮（タクト）をまかせられた人間として、皆さんに総括を出していない。これは私のいけないところで、これでは何も始まらない。

やりっぱなしと言われても仕方ない。追憶のかなたより、記憶のもとにひっぱり出して文章にすることで、勝手ながら皆さんに理解していただくこととする。

父と子の絆●目次

80歳・40周年に向けて

80歳40周年を迎えて、体力面の低下で、人生の終章に近づいてきたことが自分でもわかる。私より高齢の患者さんが、自分の最後が近づいたことを自分の言葉で語り始めた時、私にできることは、人生の先輩である彼女たちのその想いをただ聞くのみしかないと感じる。変ななぐさめなど何の役にもたたない。ただうなずくのみだ。

ボキャブラリーが少なくなり脳の機能低下が著しい。もの忘れがひどい。特に用件、時間と日時を忘れる。

認知症がやってきた、すぐそこまでやってきたと感じる。しかし私は全て失ったわけではない。アイデアマンであり、新しいことで興味があることに出会うと、異常に反応するのである。ただ外来で診察をしていると、ボキャブラリーの低下を強く感じる。相手に自分の気持ちを充分に伝える言葉が出てこないもどかしさを感じる。この年になると他人との比較は禁物である。九十代でしっかり自分のことが話せる人も、その人なりの悩みをもつ。他人と比較しないで、自分のことを話せるなんてすばらしいことだ。そんな時、私は、変に言葉を使わないで、ただ目で返事というか、心の信号を送るのみで、手を握ってやることしかできない。

それでいいと思っている。患者さんも同じくそう思っている。先輩たちにあれこれ言う必要はない。死にたいと言う言葉が出たら、私はうなずく。それは、口ぐせなのか本当のことなのか、それはどうでもいいことなのだ。

死は必ずやってくる。死んだら生きている時間がなくなるだけで、痛いわけでも恐いわけでもない。私は宗教的なものを批判するつもりはない。ただ死という事実がある。それだけなのだ。死んだあとは、物体となるだけにもかかわらず、生物の輪廻において人間だけが将来に恐怖を感じる、それは漠然としたものであるが故にただ恐いのである。

悩みは噴水のようにいろいろと噴き出てくる。そして死というトンネルには誰でも入らなければならない。ただ、トンネルをすぎた所は、明るいものだと私の頭は考える。私にはないが、そこに宗教がある人もいる。死は特別なものではなく、すぐそこにあるものなのだ。

母・つね——岡野家

私は昭和17年8月30日に、父八兵衛、母つねの間に生まれた。4歳上に姉がいた。東京で生まれたらしい。私が生まれた頃より戦況が思わしくなくなり、姉、私と母親の3人で疎開した。母の東京の隠居家に住んでいたのが記憶にある。4歳の頃、姉について宍塚小学校に行った。私の一挙手一投足にみんなが反応し授業にならず、もう連れてこないようにと、姉は先生に怒られた。

母親の実家にはおじいちゃんがいた。横笛が得意で、お祭りには欠かせない人のようだった。のみの夫婦で、おじいちゃんは体の小さな男で、私と姉はおじいちゃんにせがんでお話をしてもらいながら寝ることが最高の幸せだった。

あるところにある男がいた。彼は変なおならをする人で、ある日ドロボウがやってきました。そしたらその男はオナラで「だんじゅっぺ」と「なんじゃっぺ」といった。これにはドロボウもビックリ、逃げていったそうだ。

そんな話にひとしきり笑ったあと、我々は寝てしまった。

母つねは静かな人で、裁縫が得意で、麻生あたりの料亭から注文をとり縫っていた。五人きょうだいの長女であった。彼女は戦争中も戦後も、特に農地解放という問題があり、水呑百姓《みずのみびゃくしょう》は土地を守るために耕作をしなければならなかった。父親が東京でサラリーマンをしていたので、母親が耕作した。上り電車が陸橋をこえると500メートルくらいで踏切がある。その踏切のたもとに猪瀬さんという方が住んでいて、その前の畑が私たちの土地であった。栗畑と松林の植わったところだった。昔のことで記憶が美化されているのかもしれないが、松林はきれいに松葉が落ち金色に輝いていた。

畑で栗のイガを竹でつくったはさみでむいて、それでも余った栗はイガがついたままリヤカーで引っぱって帰ってきて、竹ばさみでむいて協同組合に売る。労力のかかる作業であった。私達もリヤカー引きの手伝いなどを少々したが、母親の労働は大変なものだった。

そんな中で唯一楽しいことがあった。秋になるときれいな畑のあちこちにつるたけという茸が出る。それを一本とって帰るだけで食卓はにぎわった。香ばしいにおいと直径が10センチもあるため、ボリューム満点であった。つるたけのその姿を見たのはその後唯一回のみ。ゴルフ場の端の方に生えているのを見つけたことがあったが、みんなが持って帰らないほうがいいよということで、久しぶりの堪能はできなかった。

松林の中では、しどみがいっぱいとれ、はつたけがとれた。はつたけも最近見あたらない。芝刈りで松の木をみることが少なくなり、荒地ばかりが増え、茸のはえる場所がなくなった。遠くからでも見えるつるたけの凛とした姿かたちがなつかしい。

山ぶどう、バライチゴ等々もとって食べた。

懐かしいこんな山里を子供たちに残していくのが我々の義務だと思う。そんなわけで千本桜構想ができ上がった。それは、

はつたけの味は、私が50才の頃、八郷の谷田部さんが混ぜごはんでもってきてくれたのが最後だった。彼女は舌癌でなくなった。非常に残念であった。彼女の作るふきのとうの味噌和えなども珍味であった。

今では、やはり八郷に住む松崎さんが赤飯にしてきたこのごはんを食べることができる程度となっている。それでも幸せな方であると感謝している。私は八郷が好きである。後に、八郷に最初にステーションを作り、居を求めたい。そう考えた。

母の実家には、脳溢血で倒れ10年も寝たきりのばあちゃんがいた。面倒をみていた、さきちゃんおばさんが大変だったと思う。他にのみの夫婦のかたわれであるじいちゃんがいた。そして岡野敏郎が長男で跡をついだ。真面目な当たりのやわらかい人だった。軍服姿の写真があったが、いい男でりりしかった。

次男坊は岡野虎男といい、にぎやかで楽しい人だった。彼にはいろいろねだった。畳に寝て下肢と足関節を直角にしてもらい、足の裏に腹部でのっかり、飛行機ブンブンをしてもらったり、昼にこんこんをしたりして遊んでくれた。こんこんというのは、今でいう「ぐるぐるバット」のことである。

大房というところでスーパーを開業し立派に経営していたが、後に経営が厳しくなり、大分縮小したりして頑張っていたが、ついにやめてしまった。商売の恐さを知った。国道6号線で遊びに行く時に立ち寄ると、小遣いをくれた。そのおばさんはまだ元気で、「こんなんなっちゃったよ」といって車椅子で娘につきそわれて外来にみえる。非常に懐かしく、何かお礼をしたいと思っている。

実家の大久保さんは特養「シルトピア」の理事長である。

そして次女は真隣の岡野仁一のところに嫁にいった。そして最後に紹介するのが大関末子おばさんで、池上の本門寺近くに住んでいる。まだ元気だろうと思う。

スーパーのおじさんは、

「スーパーは忙しいばっかりでもうけが少ない」

と言っていたが、やはり個人商店としての経営は厳しいようで、この辺ではカスミと大手のヨークベニマルぐらいしかないほど淘汰されてしまった。

つい先日もマルモストアが身売りしたという話を聞き、おなじライオンズクラブの仲間であったよしみでマルモの社長になぜやめたのかとズケズケ聞いたところ、息子がやめたいというのでやめたと話してくれた。彼は筋肉マンで私よりも2歳年上だが、とてもよく働き。10店舗以上の店舗を整理して、居酒屋で付加価値のある商売を少しずつやっていて、頼もしく思った。いや我々だって再編の嵐がいつ吹くかわからず、思わず身構えるものがある。

昔、豊島二郎というおもしろい男がいた。現在は浅草に居をかまえ、さらにシドニーの対岸に家をもちクルーザを持っている、彼は石岡の出身で、仕手戦で名前を売った男だが、そのあたりの話はあまり芳しい話ではないので、ここでは控える。彼のところへ行ったことがある。彼は資格がないと稼げない商売はするなという。弁護士、医師などが典型と話す。2階から自宅に入り、階段を数十段降りると、そこには大きなヨットがおいてある。週末には誰かが運転者となり海を満喫している。

私も思っている。海上自衛隊あがりの友人が2人いるので、船を買ってみたいと。トヨタの船がすぐれているらしい。岸壁につける時、船が横向きにつけられる代物で、1億円する。中古品を探せば何とか買えるかもしれない。

夢として残しておくことにしよう。

この辺で有名な人物がいる。焼きいもの貝塚商店の経営者である。以前顔を合わせたことがある。少し生意気そうな元気な人といった感じであったが、彼はとてもインパクトのあることをした。お菓子メーカーのカルビーに倉庫の主な部分を売ったのだ。50ほどもある倉庫をカルビーに150億円程度で売り、ポテトかいつかという焼きいものブランドを立ち上げて生かしている。いも兄ちゃんという言葉でわかるように、価値の低いものと見られていたさつまいもを冷凍保存することで、おいもがスイーツになる。このマジックは誰でもできるものではない。たいした価値のない食べ物に付加価値を加えることで最高のものにしたのは、実に立派で感心する次第である。今では街中でも存在意義をしっかり持つ商品にしたことはすばらしいことだ。まさしくスイーツの神様である。

私の中で実業家のもう一人は五十嵐翼さんである。彼は、小さな不動産や数百個の土地を買っても売れ残りがあってはダメなんだとよく言っていたが、今事業を引き継いでいる息子も時代の波に乗り、実に上手に名前を売っている。現在はほぼ茨城県一の不動産屋さんであろうと思う。ネーミングライツで市民運動広場運動を一誠商事市民運動広場と変えたのは感心した。あまりお金がかからない方法で宣伝をうった。

わが息子も立派に仕事をしているが、こういったかけひきのゲームは苦手である。まず自分の名前を天下に行き渡らせることが必要である。もっと整形外科事業を売り出していいと思う。それには現在の体制では無理がある。特に整形外科では、まず一緒に働ける仲間を見つける必要がある!!

我々も組織が生き残って〝なんぼ〟の世界である。ちょっとした利益が出たからといって浮かれている訳にはいかない。コロナ時代を経て、生き残るにはステーション方式しかないのではなかろうかと思う。Ｗｉ－Ｆｉを使ったテレビ診断とリハビリ訪問看護、介護を組み合わせ、ヒエラルキーを小さくして、すばやく対応したりニーズに対応する訓練が必要である。それも地元に根づいた診療所を加え、このギブ&テイクの関係をしっかりつくるなかでのペタッと方式がいいと思う。

さらにコスト感覚を大切に、コンビニの跡地とか、はやっている地方のコンビニのそばにペタッとくっついて作る方式がいいと思う。個人宅の簡単な改造でのり切るのもおもしろい。

お金をかけないでいかにすばやく立ち上がるかが重要だと思う。外見でなく内容で勝負するというのがよろしいかと思う。コロナとの戦いは十年戦争と言っていいだろう。インフルエンザと違った意味で恐さを感じるが彼等も原則を超えることはできない。病主である人間をそんなに苦しめ、死後絶えることがあっては本末転倒となる。インフルエンザのタミフルのような薬が開発されれば、人間としての宿主を失うことになる。そして10年戦争は短縮されるだろう。

父・八兵衛——平塚家

八兵衛の家族はかすみがうらの伊勢沢さんからムコ殿としてやってきたところから始まる。九十何歳まで生き、八兵衛は俺も長生きできると喜んでいた。彼は66歳の若さであの世へと飛び立った。おばあちゃんという人は私が生まれる前に死んだので記憶はない。人の話だと気の強いばあさんで一流のものを好む性格だったという。

八兵衛の遊び着は大島つむぎであったという。これにはおもしろい話があるので追加しておく。私が医者になり開業してまもなく、大貫さんというおばさんの往診を頼まれ訪れるとこんな話をしてくれた。大貫さんのお兄ちゃんは八兵衛と同級生であった。ある時兄ちゃんが八ちゃんと同じ着物がほしいとダダをこねたとか。しかし普通では買えない代物で、両親は人絹のものを買って与えたら、八ちゃんのはこんなペランペランのものと違うと、さらにダダをこねていたという。よっぽど八ちゃんの母親は贅沢なものが好きだったらしい。

女3人男3人のきょうだいであったようだ。もう一人男のきょうだいがいたようであるが若いうちに死んだようだ。みんなが語ろうとしなかったのには訳がありそうだが、いやがっていることを逆撫でする必要もない。兄の源一じいさんは苦労して夜間大学を出て杉並区役所の議会運営には欠かせない人になったと聞いている。彼は長生きした。米寿の祝いで出かけ、エレベーターでこけ、その結果死んだ。父は自分の方が兄さんの勲章より下だったのが気に入らず不満をもらしていた。

私は父親が買ってくれたシェパード、ルビーという犬が好きでかわいがっていた。私が150m先のところまでくるとクンクンと鼻をならしていた。家の周りを動けるように鉄線に輪をかけ、動きまわれるようにしたが、ルビーにとっては相当いやな音だったのだろう、動かなくなってしまった。鉄線と鉄の輪っかがすれる音がいやらしく、シャーとした音がいやだったのだろう。現在は隣にある私の娘の家で飼っていたチェロというチワワ犬が、誰も散歩につれていくこともしないので、私らのところに預けられているので、私の好きなシェパード犬が飼えないでいた。

そのかわいいシェパードは、足の不自由なスピッツを父が飼っていたので、近所の家へ預けていたところ、食事をしなくなりまもなく死んだとの話を聞いて、本当に悪いことをした。なぜ一緒に飼ってあげなかったのか、悔いている。シェパードの供養をしたいと思う。

さらに私は、この度造ることになっている千本桜公園の一期工事が終わったら、二期工事で考えているのは犬や猫のペットのお墓をつくっ

てやろうと思っている。散骨をする樹木葬が好ましいと思っている。吉野熊野の千本桜を見学させてもらったが、すばらしいの一言ではすまないもので、歴史を感じるものであった。前千本、中千本、奥千本となっているのもなかなかのアイデアである。

ついでに、大貫さんはこんなことも言っていた。常磐線に沿って木田余から寄居の踏切あたりまでの道路づくりに借りだされた。その昔、その道路がなかった時はどの道を通って土浦に行っていたのだろう。道路をつくっているうちに、次第に、父が主導的な動きとなり、順調に道路ができあがったそうである。作業を一緒にした仲間たちがその道路の名前を八ちゃん道路と名付けたそうだ。今は何の記録もない……。

詳しくはわからないが田中のおばさんは、栗原に嫁いだ、しかし田中のおじさんと一緒に生活していた。田園調布の大きな家に住んでいた。朝鮮特需ですべては順調に進んでいるところであった。

田中のおばさんは羽振りがよかった。朝鮮戦争特需でお金もあったらしく、一時大岡山でおしるこ屋さんをやっていた。今でも記憶にあるが、私が大岡山の駅を出て、自然に手をつないで、坂道だったので下を向いて話をしていたところ返事がないので上を見ると、それは全くの他人さんで、思わず手を離し、父と姉をさがすと二人で隠れていた。泣き出しそうになったところ、出て来てくれた。最後にはおしるこを食べて帰った。

自宅は田園調布に近いところで、雨戸は閉める時に柱（コーナー）を中心にクルリと回転するという代物で、庭には庭石がごろごろしていた。

その後朝鮮特需がなくなり景気が悪くなったのか、事業を失敗し、家族はちりぢりになってしまった。恐いものである。

名古屋になぜかねえさんがいた。彼女は連れ合いと一緒に名古屋までいきパチンコで生活をしていたらしい。彼女が死んだあと八兵衛が面倒をみて、骨を処分していたのを記憶している。

3人目の女性はいわちゃんという人で、大関家へ嫁いで、いつも威張っている威勢のいい女性だった。最後は私の病院で亡くなった。この人の気性がおばあちゃんの気

性と似ていたようである。私は中学生になり越境入学の時、二ヵ月の間逗留先の今泉から自転車で通ったことがある

岡野家は戦後の時代に即応した、おだやかな生活を好む。そして平塚家はどうも激しく、それも女性群がむずかしい。

小学生・中学生時代

私にとっての父親は、意識し始めた時より、乗り越えなければならないものとしてあった。

それは高校生くらいであったろう。父の眼は厳しく、何か私がいたずら、いや悪いことをした時、眼光するどく犯人を見る時のような眼で見られ、それは自分の子供を見る眼とは思えなかった。

それ以外は実に子煩悩で、小学生の低学年で上下つなぎの飛行服、そしてジーパン

毎日新聞社提供

著者の父、平塚八兵衛（1913-79）

“オトシの八兵衛”と呼ばれた名刑事。昭和14年2月警視庁巡査となり、50年3月警視で退官するまでの間、警視総監賞97回、警察長官賞、検事総長賞、検事正賞など、難事件解決での表彰は100回以上の記録保持者。「出世を考えず、他人と協調せず、上司の命令通り動かない」などが刑事哲学で、先輩、同僚、後輩とのケンカは絶えなかった。手がけた事件では、38年の吉展ちゃん誘拐事件で犯人の小原保を2年がかりで自供に追いこんだのをはじめ、34年のステュワーデス事件、43年の三億円事件など、数々の重大事件の捜査にあたった。

出典　日外アソシエーツ「20世紀日本人名事典」（2004年刊）

も買って来てくれた。誇りに思えたことを思い出す。

なのに人間はあまのじゃくで、みんなとかけ離れるのをきらう。日頃学校へ行く服装が奇抜だった。戦後のもののない時代で、着物をきたり、草履で登校するものもいたのである。私はさらに、カバンも現在使われているものと同じだった。

この格好は麻布中学の恰好かと思われる。父の最初の勤務地が東京の麻布であったからだ。

父は東京にいたので、私たちは夏休み等に東京へ行った。わからないままに歌舞伎座や日劇ダンシングチームのパッパッと脚をあげるものを見た。すばらしかった。エノケンや笠置シヅ子も見た。

ある日日比谷の交差点の近くのお堀端の道路沿いに、日本生命か第一生命ビルがあって歩道から大きな石段があり、数段上るとそこがフロアであった。

米軍に接収され、ちょうど我々が通りかかった時マッカーサーがパイプをくわえて、出て来たところであった。当時のマッカーサー司令官は絶対でかっこいいと思った。

当時、戦後日本史でもいろいろな事件があった。下山国鉄総裁事件、椎名町の帝銀事件等があり、父は頭角を表した。平塚八兵衛の名前を聞いたことがある人も多いと思う。

そんななかでも忙しい時以外は土日祝にかけて土浦に帰ってきた。おみやげに名古屋名物のウイロウを買って帰ってきたが、どこでなくしたのか、どこかにおき忘れてきたのであろう。

小学校というと、目立ちすぎていじめられたことを思い出す。でもクラスの中では巧みに動いていたので、ほとんどいじめられなかった。西神立の堀越君の兄ちゃんが私をいじめた時、おふくろは怒ってどなりこんでいった。その後彼はおとなしくなった。

同級生の中で一番のガキ大将がいた。たまりかねた栗又君を中心に、私が率先して作戦をたてた。クラスのみんなで沢ガニをとりに行くということになり、川に着く直前の畑、麦畑だったと思うが、麦が背丈ほど伸びていて目立たない所にきた時、誰かがガキ大将に殴りかかった。彼は背が大きく腕力もあったのだが、当たらなかったことが幸いし、だれもケガすることはなかった。彼は捨てゼリフを残し逃げていった。翌日早速中学生の先輩を連れてやってきて息巻いていたが、特に何もなく翌日には穏和なものであった。我々の団結が恐かったのだろう。全くおとなしくなった。

そんな中、本来五中に行くところを四歳上の姉がしたように、自然な感じで、越境入学をした。姉の影響で先生方はやさしく私に対応した。

二中の生活は楽しかった。同級生もやさしかった。すぐの試験も順調で、外の写生の時間も楽しかった。2時間の間に2枚の絵を提出したところ、1枚は金賞だったが、もう1枚は同一人物の作品であったので却下された。

クラブは軟式テニスクラブと、仲間3人を誘って音楽部に入った。軟式テニスはあとにも先にも男子生徒の入部が初めてだったといっていた。テニスコートの隣はバスケットクラブのコートでよく遊びでバスケをした。そのように滑り出しは順調だったが、当時越境入学が問題になっている時でもあり、いろいろな中傷があった。そこで神立より3倍くらい時間がかかる寄留先の今泉より、約1ヵ月間通学した。通学用の自転車がユニークで、スポーツタイプの細いタイヤでブレーキに特徴があり、反対に回すとブレーキが働くという代物だった。

子供の世界は、実力で開拓していけたが、大人の世界はそうはいかない。

夏休みになってから引越すということになった。それは拍車がかかったことがあった。私は祭り好きで、夏祭りに子供らしくはしゃいでいたのが目立ったのか、越境入学問題が再燃し、おやじも観念したのか、東京への引越しが決まり、クラスのみんなに別れを告げることもせずじまいで、東京は目黒区の二中へと転校した。

転校

目黒二中は目黒区の中でも下町的な雰囲気があった。最近知ったことだが、現在二中は子供減少のため廃校となっていた。

二中では初めての事ばかりで、田舎者の自分は身がまえていたが、それでもいろいろボロが出た。まずプールの授業があったのにビックリした。当時目黒区内でもプールのある中学校はそう多くなかったはずである。それも中目黒小学校にもプールがあり、そこを卒業してきたみんなはカッパだった。

私は泳いだ経験はなかったが、田舎者らしい水遊びをしていた。思い出すのは「川干し」というもので、川といっても巾が1メートル程の小川で、子供にはちょっと簡単には渡れない程度の巾である。そこをせき止めるのだ。

せきをつくるのに妥当な場所をみつけるのが先決である。少しでも川巾が広いと水圧に耐えきれずに決壊してしまうので、魚の多くいそうなくぼみが多いところをねらって、その上流を止める。道具というものを一切使わずに作るには、田んぼの畔《あぜ》を切るのが手っとり早い方法である。まずその辺に落ちている棒を立て横棒を通し、そこに田んぼから取った刈りとったあとの稲株を引き抜くと、適当な大きさの団塊ができる。それをすばやく柵の上流へ投げ入れると積みあがる。放置すると水圧のためめに簡単に壊れてしまうので、水量の多い時は、急いで堤防をつくり、ダメだと判断した時には、田んぼの畔を切ることを憶えた。干あがった田んぼに水を入れるのは、農民にとっていやなことなのだろうとみえて、見つかると怒られるので、我々は逃げまわったものである。今はその川もコンクリートで、土止めされていて面白くも、おかしくもない。

下流を止め、全部きれいに干すのがむずかしいと判断した時には、水をさらにドロドロにかきまぜて、魚が呼吸することができなくなるのをみて捕った。魚の種類は、フナ、すぐに死んでしまうタナゴ、ギーバといってトゲのある魚がいた。時にはうなぎなどもつかまえた。あとは、田んぼの水がひいた時に表面にポツポツと穴があいていると、そこをねらって両手をさしこみながら土をおこすとドジョウがとれた。ドジョウを持って帰ると、母親が味噌汁の中に入れるのが嫌だった、あの歯ごたえの悪さがなにせ嫌だった。今でもあのゴツゴツとした歯触りを思い出すといやな気持ちになる。それでドジョウは持ち帰らない。ギーバというのは捕まえるとギーと鳴くのでギーバとなったのか、なまずの一種と思われる。コイとかウナギがとれることもときどきあったが、村の兄ちゃん達は台風一過の日にワナをはって、霞ヶ浦から登ってきた魚をとっていた。

そんな自分であったが水に関してもうひとつ記憶に残る出来事があった。小学生の時、茨城県の大洗の先、阿字ヶ浦でのできごとである。

母親、姉、姉と同学年の今泉のいとこの浩さんと四人で電車を乗り継いで行った。阿字ヶ浦は遠浅であるが、おぼれて死ぬ人がよくいた。当時は離岸流という言葉がなかったが引き潮になると体を沖にもっていかれてしまう。いくら泳いでも浜にたどりつけないといった状態になる。私は深みにはまってもがいているところを、浩さんに助けてもらった。

その後もう一度助けられたことがあった。学校にプールがなかった私にとって、泳ぐということを経験したことがなかった。東京へ行ってすぐの頃、プールの授業があり、ゴツいビーチボールをもってバタ足の訓練中、手をすべらしボールが離れていったものだから、パニックになりおぼれそうになったところを同級生の税所君に助けられた。当然笑いものになった。

その前にプールサイドで見学していた時、誰かが私に触った際、「ヒャッコイ」といったら、目ざとい小寺君が、「こいつ『ヒャッコイ』と言った」とひやかしてきた。それでボクはみんなに、ヒャッコイという言葉を使うかどうか、この方言を知っているかと聞いてみたところ、聞いて意味はわかるが、使わないという結果となった。

目黒川沿いは戦前、大正時代は田んぼが連なっていてカエルの声がうるさかったほどだったと古老がいっていた。この古老とは絵の野沢先生である。大正時代か昭和初期の頃だろう。自動車の普及が道路の整備となり、一挙に町が変わってしまう。道路行政が大事である。先の先を見つめて提案されないと気付いた時には遅すぎることとなる。

あの当時F組まであった目黒二中はすでに廃校になっている。それほど高齢化と少子化が進んでいるのかと愕然とする。

東京へ転校すると、隣人であった桂木のお兄ちゃんが私の勉強をみてくれた。そんなわけで、成績は良く、4ヵ月後の三学期にはクラス委員長になり、学芸会には、野口英世の役を仰せつかり、演じた。おふくろが得意の裁縫で、袴を作ってくれたのが自慢であった。ある意味でその後の自分が野口英世と関係のあった大学へ進んだことも何やら因縁めいたものを感じる。

その時代はテレビがやっと普及し始めた頃であり、近所のソバ屋のおじさんにたのんで観せてもらった。プロレス全盛時代で力道山、ルーテーズなどが子供の興味の中心であった。あとはつまらない話だが、万引するのが流行っていて、何度も中目黒銀座通りの文房具屋さんの前へ行ったり来たりしたが、結局できなかった。失敗した時に父に迷惑がかかるのではないかというよりは、あの店のおやじのするどい目つきに耐えられなかったのではないかと思う。そんなわけで何となく悪い方にいかずに仲間となった牛尾君、高橋君などと、、放課後、中目黒駅より山手線渋谷へ、乗り換えて銀座線の外苑前駅のすぐ前にあった津田塾へ通っていた。そして3年生の時、一番できのいい大矢君のレベルを下げさせ、私たちと同じ高校をめざして3人仲よく合格した。担任の柴崎先生は自慢げであった。それに他のクラスから平山君が合格して4人で仲よく軟式テニスクラブに入った。

高校時代

2年生になるとテニス部は大いににぎわっていた。それは美智子様と皇太子の軽井沢でのスポットが話題となり、その影響を受けて、入部する人が多かった。それも女子が多く2年生になって部長になった私は大変だった。そんなこんなの大変さの中で成績は落ちるばかり、3年生の時にはみんなに薦めておきながら自分だけやめた。

部活をやめたからといって勉強に集中するわけでもなく、成績は最低となっていた。授業中は本ばかり、芥川龍之介から椎名麟三まで、あさるように単行本を読み2、3日に1冊くらいの割合で読んだ。当時の同級生は私が医学部をめざしていたのではなく文学部か何か、文系の大学をめざしているとばかり思ったと、後で話していたほどである。

3年の時の教科書に『チボー家の人々』が一部載っていたのを読み、全巻買って読みふけり、さらにサマセット・モームの『人間の絆』を読んだ時、両方とも、医師が出てきた。特にサマセット・モームは医師であり、その自由な生き方に同調した。

青山高校は自由な校風で特にいがぐり頭の石川順太郎先生は有名であった。八日間も続くオリエンテーションがあり、その時一人が学帽はかぶらなければいけないのですかと問うと順太郎先生は「そんなことは自分で決めろ」とおっしゃった。みんながびっくり「エー」といったどよめきが起きたが、順太郎先生はすずしい顔をしていた。

通学に使っていた中目黒は、当時は山手通りの上にまたがった駅で、何の変哲もなかった。今から十年ほど前、用事があり中目黒駅に行ったところ、駅のホームも駅内もいっぱいの人だかり、思わず駅員さんに何かあったのかと問うと花見客ですよと軽くいなされた。

思わず目黒川まで行くと、紫色のイルミネーション内に桜がいっぱいで人もいっぱいであった。いつの間にかあの汚い変哲もない目黒川が桜の名所になっていた。

中目黒にバンサンという居酒屋があり、先月も中目黒に友人を送っていった帰りに飲んだのだが、医者になってからも中目黒で飲むようになり、バンサンに通っていた。

そこのレモンサワーが独特で、凸凹のある皿にレモンを載せて、グラスに氷と原液が入ったものをもってくる、レモンをしぼってグラスに入れて飲むのである。バンサンの子供さんが共済病院の患者さんで、同一病棟だったせいでよく見かけたので、親しかった。

懐かしんで2時間ほど飲んで8時ごろ電車で帰途についたが、自宅にたどりついたときには、すでに11時近かった。千代田線で秋葉原まで45分程度、秋葉原から快速で45分、どうみても1時間から2時間で着くところを3時間かかった。

なんと、2回も勘違いをしてとび起き、電車からとび降りたからである。無駄に次の電車を待つという結果である。

そんなわけで医学部にしぼって受験したが、読書ばかりしていたせいか、みごとに1浪となり駿台四谷の浪人生となった。

浪人

1浪目は法学部も受けたが、私の本意ではなかった。選択科目の少ない中では自分の力はそれほど発揮できないことと、法学部へ進んでも父親を超えることはできないと思い、2浪目より医学部にしぼり、物理をやめ独学で生物に変えて勉強した。そんな中で映画はよく観た。東武東上線の東武練馬駅近くに姉と引っ越していたので池袋が中継点で文芸座にはしばしば行った。小便くさいが名画を連ねていた。『リヤ王』、『リチャード三世』と、もっぱら洋画を観ていた。その中でも心に残ったのが『ウエストサイド物語』である。ジョージ・チャキリスとかナタリー・ウッドとか出てきた。そんなチャキリスのようなかっこ良さにほれたのではなく、脇役の脚の短い連中に、自分を重ねてみた。ミュージカルは好きでなかったが、実に感動した。クールクールと歌いながら、指パッチンを決める姿がすばらしかった。今まで味わったことのない代物だった。

3浪になることは、経済的にも精神的にもいや頭脳的にこれ以上伸びないと考えていた私にとってダンサーの道があるなーという感じと、何でもそれまで石の上にも三年といった感覚があり、3年経ったらその仲間の中心になるといった変な自信があった。

今思えば、現在の「市村正親」さんのようになっていたのではと思う。歌を歌うことには自信があった。小学校6年生の時、学芸会で「冬の星座」を歌ったことがあった。70歳の時に地元神立でクラス会が開かれた。ある女性が憶えていてくれて、「あの歌をうたって」と言われたが、今はカラオケをするわけでもなく、声を出すことは会話をするくらいで、声が出ないので、次のクラス会で歌うさ、と言って逃げた。まだコロナのせいでクラス会もないので、歌っていない。

福島県立医大へ

ところが福島県立医大より合格の声がかかり、ここしか受け入れ先がないといった因縁めいたものを感じた。両親との別れがさびしいなどといったことは全くなく、父親につき添われて福島へと行くことになった。

さて、福島へと意気揚々と出発した。まず寮生となった。最初に会った人が小関さんである。福島市内の繁華街にある開業医のせがれで、のちに知ったのであるが3浪以上していて、ダンスの東北チャンピオンになったことがあるというので、威勢が良かった。私の父親と話していたが、面白い奴だとのちに父親は話していた。彼は数年前に玄制流という空手部を創設していた。彼は後につくば市に移ってきてつくば記念病院を開設した。つくば中央戸田系列のお嬢さんと結婚していた。あれよあれよという間もなく、大きな病院となった。しかし私には一目置いていたようで、奥さんともども、平塚さんはすごいと言っていたらしい。何を見てそう言ったのかは定かではないが、おそらく元気館を見学させてくれと言ってやって来た事がその言葉となったのではなかろうか。それ以上に彼とのつき合いはなかったが、今は認知症になっているとのこと。もっと彼と話をしておけば良かったなと今でも思っている。何か違う人生の転機となっていたかもしれないと思うと、残念である。

さて、その寮での生活は楽しかった。元小学校の校舎を利用した建物で、私は藤岡君（2浪）、早坂（4浪くらいか）のおじちゃんと一緒の部屋だった。藤岡君は足利の坊主のせがれで、すでに父をなくし廃業になっているとのことであった。彼は医師になってから耳鼻科に進み、形状記憶の材料を利用した研究で名をあげた。早坂君もいろいろあったようであるが、2人とも奨学金をもらっていて貧乏はこれ以上なしといったところで、机はどこで調達したのか大きなテーブルを持ってきて2人で使っていた。本箱はどこからひろってきたのかりんご箱の空き箱だった。藤岡君は線香をたき、座禅をよくしていた。それを早坂君はいやがっていた。朝、目を醒ますと線香の煙が部屋に充満していたので、よく「朝起きるとあの世に行った感じがした」と嘆いて苦情を言っていた。

私は彼らよりはまだ豊かであった。机はあったし本箱もあり、一応一人前であった。早坂君は東京へ出てきて上野あたりの高校を出て、寒河江高校の代用教員をしていたらしい。2歳くらい上で、大分苦労したらしい。体が弱く、いつもきれいな蒲団にくるまっていたのを記憶している。

彼の誘いで夏休みに彼の郷里を訪ねた。彼には私と同級生の東北大学工学部に行っている弟がいた。兄ちゃんが苦労して医学部へ行ったので、自分は学費がないこともあり、医学部はやめて工学部へ行ったのだと話していた。彼は性格がいい頼もしい奴で、クラスの人気者だったと見えた。

同級生を集めて、寒河江川沿いでいも煮会を開いてくれた。お母さんは医院のまかないの仕事をして、子供2人を育てたのであるから、大したものである。母は強し。

昔はみんな貧乏であった。

私はその2人と付き合うより、玄関口の下の部屋が気に入っていた。山野辺君、白井君、坂本君のいわき高校の3人がいた。山野辺君、白井君とはよく夜中まで語った。坂本君はあまり我々との付き合いはなかった。白井君は文学青年（?）だった。私が知らなかった実存主義なるものがあるということを教えてくれたし、彼からカミュの『シーシュポスの神話』を知った。

そして山野辺君はいわき高校のバレーボール部のホープで、彼の姉さんは、ソフトボールの選手だった。彼のジャンプはみごとであった。各年が9人の人材をそろえての組対抗戦での活躍は見事であった。私のジャンプ力ではバレーネットの高さまで届かない。とても話にならないジャンプ力だが、相手のチームも遜色のない程度であった。しかし彼は、スパイクの時ジャンプの頂点で体勢の変更が可能であった。我々がジャンプしてもただ落ちていくだけなので、まさに一流のジャンプ力であった。彼は実直ではあるが人生の生き方は無骨であった。女の子にももてていた。

そんな寮生活が楽しくてしょうがなかった。

斎藤君はロマンチストで太宰治を思わせる風ぼうで脚も長く、田舎の学校にしては素敵な人だった。福島大商学部を出てから数年後に医学部に入ってきた。言わば大人であった。酒の飲み方も知っていて、5月の連休には家には帰らず3日間続け飲みに同伴し、3日とも吐いたりしてダウン、タクシーで寮まで送られた。その3日間で酒に慣れた。以後飲み続けている。その後は一人1000円を持って斉藤君、羽生君、平塚君は最初にパチンコに行き、金を増やして飲み屋さんを全部回ろうという話をした。

そんな中でサルトルを語り、唯物史観を語りカミュを知った。『シーシュポスの神話』『異邦人』が語られた。ただ私はあまり好みでなかった。実存主義の虚無感がいやだった。飲み屋さんの飲み方はつけが主で、試験の時に、お金がなくても飯を食わしてくれて、飲み代もコップ酒3杯くらい飲ませてくれるという奇特な店があった。

もう時効だから告白するが、酒を飲んでスクーターで帰った。そのスクーターは福島市内に家があり、おばあちゃんと住んでいた熊谷君が乗ってきた中古のスクーターである。

彼は弁はさわやかにして、素直そのままの会話をした。

この寮には特殊な事情があった。それは4〜5人の学生が平均浪人数を引き上げていたことが原因である。2浪以上が66人中3分の1くらい、1浪が3分の1、そして現役が3分の1という感じだった。羽生の同級生は42・43年卒の人間がいた。上の学年は現役が多く、私たちになめられていた。そんなわけで、上の学年より平均年齢が完全に上まわっていたのだ。

こんなことがあった。学生会は専門3年生が担当で、4年に1回開催された医学祭も、私達は「あなた達がやるなら協力しない」と言い、その翌年に私達が主導でとりおこなわれたというわけで、大塚健正ひきいる43卒学生は全く対抗してこなかった。以後のクラス学年間の在り方がうなずけると思う。

熊谷君は現役で入ってきた若者で、古いスクーターで学校へ通っていた。それをみつけた私は、

「熊谷君、あなたは家が近いのだし、スクーターはいらないだろう、ここに置いてけよ」

と、熊谷君がやっと中古のスクーターに乗り始めて2ヶ月もしない時に取りあげて、私が乗り回していた。それが先ほど出てきた、お酒を飲んだあと乗って帰ったスクーターである。しかし、私より上の奴がいて、夏休みで昼寝をしている間にスクーターを持ち出し、郡山まで行ってきた結果、壊れてしまったと報告してきた。こちらも熊谷君より無法にとり上げた手前、文句を言うこともできずに、熊谷に話をして引きとってもらった。エンジンカバーが壊れていた。その悪友岩崎君はどうしているのかな!!

それから、私はスクーターの中古を買い、学生時代は雪の日も雨の日もスクーターで移動した。私の友であった。福島市内は思ったほど雪は積もらなかった。事故らしい事故はしなかった。いやあった、精神科の授業が渡利の病棟であり、遅刻しそうになり、寮よりスクーターで信号のない十字路を急いで渡ろうとした、というより走り抜けようとした時、十字路の周りは生け垣のあるお宅が連なっており、気付いた時はトラックの前輪のあたりにぶつかり、はねとばされ手前の電柱にぶつかりそうになるまでとばされた。運転手のおっさんもビックリ、救急車をよび大学へ連れていかれた。

もう少し交差点に入るのが早くても遅くても大ケガはまぬがれなかった。この事件を№2とすれば、№1は前に書いた阿字ヶ浦での離岸流でおぼれそうになった件だ。№3は医者になり、自分で車を買って福島まで行った時のことだ。帰りに国道4号を南下していた。当時は高速道路もなく、国道4号はトラックなど遅い車があると10台くらいずつ固まりになって走っていた。当然のことだが、数台を追い越さないと急げないので数台をいっぺんに追い越したところ反対車線を走ってくるトラックが見えた。見通しのきかない場面で、自分が追い越しをかけたトラックがブレーキをかけてくれ、わずかな隙間ができ路肩の方までハンドルを切って難を逃れた。そのトラックのおじさん、おかげで命びろいをしました、ありがとうさんでした。

熊谷君、御免ね!!　熊谷君との因縁は、その後も続く。彼は、歯切れのいい男だった。私の学生会を立ち上げたところ、彼を医学連中執に送り出した。当然のこととして、彼は活躍した。私たちの学生会活動は勉強会から始めた。合宿して、今までの学生会活動を勉強し、インターン闘争の総括をした。今までは、41年卒業前から続いていた、試験を受けないで（国家試験ボイコット）インターン制度をボイコットすることを叫んでいた。非常にストレスの多い闘争であった。私たちはこれをやめ、試験を受け、資格をとってから、青医連として、教室の先生方も巻きこんだ形でやる方式を考えて闘いを継続していくことを、福島方式とした。インターン反対、国家試験を受ける、そして青医連をつくるというもので、いささか調子いい闘争という感じがぬぐえないと感じていたが、私は、プチブルである医師集団を一定程度認識させ、全国の青医連のヘゲモニー内で、医学部の統一卒後の医師を青医連の内に包括して闘いを継続していくという考えだった。そのような中で中執として熊谷君はしっかり彼の役目を果たしたと思う。

逮捕

私は、東北青医連をつくるために秋田大学、弘前大学、岩手医科大学、東北大学の学生会や青医連に対しオルグ活動をしていた。ところが自分が今度は給与をもらいながら闘争を続け研修医に励もうかなと思っていた矢先に、私のところに会津中央病院への4ヵ月の研修と組織の維持のため研修はできないという連絡があった。1年を3等分して、その分を大学で研修している人に戻すという形ができ上がりつつあったが、そんな中での連絡で、私は悩み始めた。

学生会で立て看板を病院に立てたが、それを撤去するのに病院側が労務員を派遣した。私はやめろと言って手を拡げたところで、公務執行妨害の罪で逮捕された。恐らく、警察の配慮で私を青医連と分離する目的で仕掛けられたワナだったようである。約10日間ほど留置場に入れられていたが、誰一人と面会に来ず、差し入れもなく、鉄

郵便はがき

料金受取人払郵便

新宿局承認

2524

差出有効期間
2025年3月
31日まで
(切手不要)

1 6 0-8 7 9 1

141

東京都新宿区新宿1－10－1
(株)文芸社
愛読者カード係 行

お名前《ふりがな》		明治 大正 昭和 平成	年生
ご住所《ふりがな》	□□□-□□□□		性別 男
お電話番号	(書籍ご注文の際に必要です)	ご職業	
E-mail			
ご購読雑誌(複数可)		ご購読新聞	

最近読んでおもしろかった本や今後、とりあげてほしいテーマをお教えください。

ご自分の研究成果や経験、お考え等を出版してみたいというお気持ちはありますか。

ある　ない　内容・テーマ(

現在完成した作品をお持ちですか。

ある　ない　ジャンル・原稿量(

名				
上 店	都道 府県	市区 郡	書店名	書店
			ご購入日	年　　月　　日

をどこでお知りになりましたか?

書店店頭　2.知人にすすめられて　3.インターネット(サイト名　　　　　　　　)

DMハガキ　5.広告、記事を見て(新聞、雑誌名　　　　　　　　)

質問に関連して、ご購入の決め手となったのは?

タイトル　2.著者　3.内容　4.カバーデザイン　5.帯

の他ご自由にお書きください。

(　　　　　　　　　　　　　　　　)

についてのご意見、ご感想をお聞かせください。

容について

バー、タイトル、帯について

弊社Webサイトからもご意見、ご感想をお寄せいただけます。

ありがとうございました。

せいただいたご意見、ご感想は新聞広告等で匿名にて使わせていただくことがあります。

様の個人情報は、小社からの連絡のみに使用します。社外に提供することは一切ありません。

籍のご注文は、お近くの書店または、ブックサービス(0120-29-9625)、ンネットショッピング(http://7net.omni7.jp/)にお申し込み下さい。

格子にかけてあったタバコの銀紙でつくったキリンの折り紙を、何度も、折ったり、くずしたりした。その時思ったことは、体が動かせない状態では、人間は精神的集中のみしか自分を救えないと感じた。オルグ活動も中途半端となっていた。どうも東北大学の田舎紳士的な態度、言動が足を引っぱっていたようである。

医学部の闘いもバラバラとなりつつあった。医学連中執で、対等の指導力を超えたところにきていたようで、関西方向で赤軍派という武闘を中心に考える集団が登場した。総括もそういった方向でなされれば、社会指導に全く対応できないというか、棹をさしても何も変わらなかったら次の手段で、というものだった。彼らのことだから一点突破しかなかったというのはわかる気はするが、無駄に力をそぐだけなのがわからなかった我々には、すぐれた青医連運動があった。

重信房子なる分子が明治大学よりやってきて、兵士を何人かパクッていった。そんな中で最初に遠藤君が大菩薩峠で軍事訓練をしたところパクられ退学となった。その他梅内君、木村君といった若者が一本釣りされ、梅内君などは、その後姿を見せないということは殺されたと思う。梅内君は優秀な男だったと、大学の先生方も言っていた。

その点で鎌田君、あまり人気はないがバイタリティある彼は、どこで身につけたのか運動の原理をよく知っていた。私と同じ年なのに、彼はどこでそんなことを学んできたのだろうか。釣りスタイルをみて、医者の卵を、それも純粋な東北地方の青年を一本釣りするのを、これはまずい、といやがっていた。

その点で彼は信用できた。私もこの状態になると責任がもてなくなりつつあった。逮捕された学生さんのご両親の顔が見られない状態となり悩んだ。一度東京へもどった。

そんなわけで自分のことを分析する必要性にせまられた。これ以上前進すると、いやこの状態のままでいると自滅するなと感じた。リーダーとして采配することは、とうていおこがましいことであり、チェ・ゲバラはあこがれの的ではあったが、自分がチェ・ゲバラになるのは無理とわかり始めていた。11月、東京へ戻る決心をした。

自分の目的が達成できないことを、おやじにまたまた世話にならなければならないことを、私ははずかしいことと思っていた。ただ私は今でも青医連運動は、すばらしい運動体となる可能性があり、いつか復活するものと思っている。ある時、親父が死んだあとになってやって来た新聞記者から「親父さんは、あれほど、青医連運動を行っていた進君の運動は正しかったのではと、当時語っていた」と話があった。それはうれしかった。おやじのカベを越えることとか、そういったことには意味がないと思えた。

ボート部創部

本題にもどす。6月の後半7月の夏休み前になり、スタイリスト斉藤君が「ボート部を創ろう」と言いだした。彼は〝琵琶湖周航の歌〟を私たちに教えてくれた。京都大学にあこがれていた彼らしい発案で、クラスのみんなに呼びかけ、8月に合宿をしながらボートを漕ごうということで話がまとまった。

しかしそれを聞き知った先輩たちが大いに怒りだした。特に小関さんが大いに怒ったとのことで、斉藤君はそれを聞いて、創部の提案を撤回したとの話であった。私や山野辺君、曽我君の青年将校たちは怒った。そんな横ヤリを入れることは許せないと、残った青年将校3人は、逆に意地でもボート部を作ろうと、少ない小遣いの内から1000円を出し、部費にして創部にこぎつけた。オールも買ったりして、次第に部らしくなってきた。ただし、部員は岸君だけしか入らなかった。岸君も変人だ。コックスを身につけた岸君は会津の男で、薬問屋のせがれだったと思う。私は会津の人間ということだけで、頑固で、変人だと思ったりする。この会津の男も類いまれなる変人で、初めはやっかいな男だと思っていたが、その他のバイタリティあるやつが断念して、彼のみ残った。一番残ってほしくないなーと思っていた人間だった。しかしその後の展開として、彼なりの、すばらしい仕事をしてくれたと思う。

創部以来2年目の夏、仙台は馬放島《まはなしじま》でレースは行われた。東北大学の艇庫を借り、ナックル内の船も借りての試合だった。唯一オールだけは自分たちのもので、ちょうど私たちより1年遅く創部した日本医大の連中から、オールを借してくれとの申し出があり、プルーのオールを借してあげたが、その後のつき合いはなぜかなかった。

同級生の永井君が、自分も合宿（永井君はテニス部だった）、試合等で疲れていたのに、炎天下の中、我々のために、いやな顔もせず手伝い人として助けてくれたことが大変うれしかった。大会の条件として手伝いの1人をエントリーする必要があったが、彼が引き受けてくれたおかげで出場できたのである。岸君、曽我君といったメンバー内にコックスとして島君といったオーダーであった。予選では2・3番の誰かが腹切り（オールの先が水に押されて、水中から抜けない状態）をして、敗者復活戦へ、その一戦は立派だった。

さてそれからが大変だった。あとの2人は翌日帰って行ってしまったので、岸君と2人で何をするのかと思いきや、リガーをはずし、まず浮袋をはがして磨いたあと、さび止めを塗って塗装するといった面倒な作業を2人で4人分をこなして、仕上げて帰ったのは夕方だった。そして岸君と同学年の一関の斉藤君のところへ行った。斉藤君は丁寧なことに、早速我々を呼んでにわとりの首をはね、血を流してから料理するのだといって見せてくれた。しかし私たちはありがた迷惑で、その後の料理の味はわからなくなった。でも彼らにとって最高のもてなしだったのである。

同一のようなことが後にあったので書いておく。それはモンゴルでの出来事で、東京からの高速バスで妻が帰ってくる際、女の子が隣に座り、声をかけたらしい。アズマちゃんという女の子で、筑波大学へ留学中であった。そんなこんなで行ったり来たりというより自分の家を訪れることが多く、是非モンゴルに来てくれということで、2人で出かけていった。ウランバートルより北東の方向へと向かうと、彼女の家があった。そこから北へ向かい、人家のほとんどないところにお兄ちゃんと両親がいて、翌日はロシアとの国境線のそばの日本人好みの料理を食べさせてくれるところへと出かけた。そこには古代仏教の古い使っていない寺があった。そしてその近くにゲルの大きいのが4、5棟立っていた。そこで料理をだしてくれというと、日本人の先客がみんな食べていって料理のネタがないということで断られた。しかたなくパジェロに乗って再びテントに戻り、食事時になると、今まで鳴いていた羊がまるごと出てきた。塩味のスープはまだ良かったが、あの鳴いていた羊を思い出すと食欲がなくなった。彼らにとっては、まさしくもてなしの料理であり、何一つ残さず食べるのだと話してくれた。

その時は岩手の事件より約10年は経ってはいたが同じように感じた。斉藤君、ぜいたく、わがままいって御免ネ、本当にありがとう。

そんなわけで合宿から寄り道をして帰り、父に旅行してきたと話したところ、父の給料は4万円で、お前に2万、残りをお母さんと2人で2万を使って生活しているんだと話された。以後贅沢は言わず、旅行などはしなかった。はずかしや私の小遣い2万円は、ほとんど酒に消えていた。参考書なる書物を買ったおぼえがない。これは唯一両親に内緒にしている話である。

ところでボート部はその後3人の仲間を増やし、甘えん坊の菊池君が頑張っていた。現在彼は福島市内で大きな病院を経営している。

このクラスの中心であった湊君の影響が大きかったのか、大男とか面白い男たちが入ってきてくれた。その頃になると私は学生会が中心で、バイターとしては専門2年生の時にやめていた。最後のレースは新人戦のコックスで、バイターをしぼりすぎて実戦の時にはくたびれて漕げない状態であった。新人としては優勝したかったのだろうが、私はむしろいい教訓を得る場所であり、レースなのだからと、あえてしぼりすぎたのだ。レースの終わったあと新人たちに組み伏せられ、さがみ湖へと投げこまれた。

あの時の新人戦の連中のすさまじい形相はすばらしかったとしか言えない。その後の彼らの活躍は想像できるものであった。このへんまでが私の知っている仲間たちであり、全日本を制覇した仲間は芳賀君という同級生の弟であった。私がクラブに関与したのは専門1年生までで、私の活動の中心は学生会活動に移っていった。

オリエンテーションがあり、クラブ勧誘のための話をしていたところ、ヤジが飛んだ。「舟もないくせに」といったいじわるなヤジだった。話し終わったあと、私は彼のもとへ行き、あんたは我々の練習ぶりを見ていただろう、あんたら野球部は週2回ほどの軽い運動しかしてない。あんたに我々の活動をヤジる権利があるのか。先輩なら我々の努力を見て応援するのが普通の人のすることだ、と言いはなった。当時4級先輩というものは雲の上の人であった。松井君という彼は、私の権幕の前に立場をなくしたのは当然で、その後彼は撃沈したものと思われ、ほぼ目立った活動ができないばかりか、医師としての生活もおし量れる。恐いものである。

後日談であるが多くの先輩から、よくやったとのお褒めの言葉があったことを報告しておく。

永井君について

大学時代、及び友人として最高の男を紹介しておく。彼は栃木県氏家の出身で、言葉も茨城弁と近く入学当初より非常に親しくしてもらった。彼はどこかの輸血の結果、肝炎となり、肝硬変に近い状態であったが、入学時は元気であった。まず最初はボート部の大会出場に、必要な1名のエントリーを出すようにとのことであったがそれを果たしてくれた。

そして彼の大きな役割は、状況をみることに敏感であったこと。そしてそのように動くことができた。

学生会活動で、66人の同級生の中で、まず一番まじめな人物、黒沢君を私に紹介してくれた。彼は山間部の自宅から須賀川高校へ自転車通学をしたという人物で、実に実直、まじめ、人の話をよく聞くことができ、一言家でもあった。

私はどちらかというと不まじめ派、体育会系の人であった。なんの関係もない2人を結びつけるのに、彼は一役も二役も働いたのである。専門2年の次期委員長を決める選挙でも私は絶対多数派を結成することができ、民青から出た小川君に絶対的勝利をおさめた。

そして学生会を卒業、青医連運動として医局の先生方をまとめる全学連絡会議を発足させた際、まさに全体のバランス感覚がすばらしかった。まさに適役であった。学生会、青医連（41、42、43、44）の代表者と医局連合の先生方との間での調和のとれた司会ぶりは、本当にほれぼれする程であった。

もう一つ感謝していることがある。私が昭和57年に開業してから、夏休みに私の手伝いに来てくれたことだ。東北大学抗酸菌研究所に入った永井君は、お前の胸のX線を診る目が心配と、バイクに乗って一週間も手伝いにきてくれたのは本当にうれしかった。

そんな彼は、五十代で肝硬変の悪化がひどく入院になったとの知らせが入っていたが、まだ死ぬとは思っていなかったので会いにも行かず、亡くなった報だけが届いた。忙しかったといっても本当に申し訳なく思っている。彼との思い出や寂しかっただろうと思うと、涙が出てくる。本当に申し訳ない!!　もうすぐそちらに行くので、その時に許してくれと懇願するつもりである。

近年は是非とも黒沢君と連絡をとり、永井君の墓参りをしなければならないと思っている。

彼は仙台の北の山間の雪の景色がすばらしい所に静かにねむっている。

斉藤氏・羽生君について

彼は小樽の出身で、福島大学経営学部を卒業後、医学部に入って来た変わり種で、ロマンチストであり、格好も足が長く芥川龍之助などはこんな感じだったのではないかなあと思わせる男であった。彼はロマンチストで、京大があこがれであり、『琵琶湖周航の歌』は加藤登紀子が歌って有名になる数年前から私達に教えてくれ、皆で合唱していたものだ。寮歌であったということも知っていた。

羽生君は、北陸の出身の親父さんが原の町で歯医者さんを開いていた。親父さんは日本全国いろいろなところを回って、やっと気にいった所を得て、そこに開業したのだと自慢げであった。

羽生君はその原の町の小川に連れていってくれた。そしてその川を遡上してくる鮭をとり、その場で料理してくれる場所へ案内してくれた。下流より棒をもって川をバシャバシャと上っていくと上流に網が張ってあり、その網にひっかかった鮭を手にもつ棒で頭を叩き、失神したところを網でとるといった、ある意味野趣に富んだ魚の捕獲方法を見た。その場で腹を開き、卵は漁協にもっていく。残ったものを見物客のみんなに振るまってくれた。

同級生の羽生君は、寮の1階のいわき高校3人組の部屋で飲んでいたところへ先輩である細谷さんが来訪。彼は、金を預かり、駅まで自転車で行き、日本酒を持って自転車に乗って帰ってきた。あとで思うに、重い一升ビンをどうやって自転車で運んだんだろう。当時はどこの部屋にもドンブリがあり、その蓋を皿がわりに酒をくみかわした。その時は何もなかったが、翌日、みんなで学校へバスで行くためにまとまって出て行った時、床に前後不覚で寝ていた羽生君に特別なことはなかったが、我々が学校から帰ってくると、大学病院へタンカで運ばれていた。見つけたのは小関さんで、急性アルコール中毒で吐物をのどにつまらせてもう少しで死ぬところだったと、怒られた。その通りではあるが、どうしようもなかった。彼は1ヵ月くらい、酒そのものをやめていたが再び飲み始めた。

いつごろからかわからないが肺気腫となった彼は、同窓会のゴルフコンペに酸素ボンベを持って何とも妙な格好でゴルフをしているのにはびっくりした。それでもまだ元気とのこと。なによりである。

曽我君について

曽我君は何でも真剣にとり組む人で、ギターが得意で、現在はギターを卒業してクラリネットを吹いているという。そして英語が得意で、メダカを飼ったり、実にいろいろなことをやる男だ。写真も上手で絵はがきにして送ってよこしてくれた。そんな彼は、兄さんを那須山で亡くしたそうだが、そんなところへ奥さんを連れて行き、吹雪かれて、「貴方は私を殺すつもり?」と言われたと話していたことを思い出す。彼にとっては兄さんに報告するために連れていったのだろうが、残念ながら思っている以上に山は荒れるものである。

彼は喘息もちだったがそれも克服していた。そして腕力は最強であった。彼は負けたことがなかった。当時テレビで腕相撲大会が報道され人気があった。彼は大学を卒業すると東京女子医大へ行って、消化器を専門にして、ソガ医院を開業して、現在も元気で活躍している。

彼は学生運動とは無縁であった。

曽我君の真骨頂は憎めない顔でいたずらをする事だ。山野辺君亡き後、曽我君のおかげで皆が元気でいられるのがうれしい。

こんな事があった、寮生の追い出しコンパの後だから、3月の末頃だった。寒い福島の阿武隈川に飛び込んだ。無茶をしたもんだ……。阿武隈川の沿岸に接する、元々古い師範学校の、天井が高い寒々として教室を半分に仕切った部屋で、渡利に移るまで4年間住んだ。冷え切った体を温めたくて寮の風呂に飛び込んだ。想像できると思うが、首まで、いや頭まで湯につかりたい気持ちだっただろう。居合わせていた私の実況放送だ。初めは首まであったお湯が次第に減って寝そべって入っていた。出入りが多いせいかなと思われたが、あまりに早く減るので、誰かが気が付いた。「栓が抜けてる」と。誰からともなく自然に、初めの頃に入っていた曽我のいたずらに違いないとの声があがり、曽我を責め立てると、ケロッとして、白状。そこのボイラーは悪いことに、1度沸かすと2度湧きができないものだったが、あまりのあっさりに誰も文句を言わず、大笑いして一件落着。

もうひとりの敵

ついでではあるがもうひとりの敵（?）を紹介しておく。彼は解剖学の教授で、当時の医学部は教養2年基礎2年、3年生から臨床が始まる。すなわち2年毎に許可の試験があった。専門1年の最後に行われたプラセンター（胎盤）について発表され、不合格となっていた。プラセンターについてレポートを書いて出せというので、2度も出した。そして2年生の最後になって呼び出しがあった。

その時の重要さは、学生会の委員長に決まったばかりの頃で、この試験を落とすと進級できなくなるという瀬戸ぎわでの口答試問はひどすぎると思った。もし落とされれば、1級下の学生会委員長というのは経験がなく、わからないが非常に理不尽なことになるな、と思っていた。そんな時の面談はひどかった。2級先輩の川口さんは立派な人だったが、1級上の大塚はチャライ奴で、全く委員長としての役割を果たしていなかった。その教授は彼を持ち上げ、それに比べるとあなたは委員長の役割をになうにはふさわしくない人間といわんばかりであった。それでも我慢していたが次第に学生会の委員長たるものがそんな屈辱を受けることはみんなにも申し訳ないと思って、あまりのひどさに私はムカッとした。そして貴男の試験を拒否すると言って、椅子をけって部屋を出てやるぞと思っていると、彼は私の顔にただならぬものを感じ「返すよ」と言った。彼は何でそんなことを言ったのだろうと思っていた。

しかし私は彼より私の方が上だと人間の質の問題として感じとった。そこに猪又先生という学長が来た。

彼は学生側の立場に立って何が大事かということを知っている人で、寮の庭でファイアストームを囲んでパーティが開かれた時も、全く気どらずに参加して、フォークダンスなどを楽しんでいた。4月頃になると医学祭があり、これは4年に1度市民に開放する医学祭であり、お祭りでもあった。本当は上の大塚委員長の時に開く年度であったが上のクラスのたよりなさが目立っていたので、我々が中心で5年目に開会したもので、立派な医学祭であった。そして学長は森教授という有名な考古学の権威を呼んでくれたばかりでなく、その先生と一緒に高湯温泉に学生会の主だったものを呼んでくれ、楽しい酒をのませていただいたことがあった。この学長の偉大さはそればかりでない。

我々が登録医反対の旗印のもと、中島（会津人）一人反対で以下全会一致でストライキがうたれた。そして、私に対する処分は懲戒処分のみであった。その後の闘争（ストライキ）に影響するものであるが処分が軽く、さらに学長は登録医制反対の声明を出していた徳島大学へ、情報集めに翌日には出発、帰ってきてから即教授会を開き反対声明を出してくださったことは、我々学生会もその速さに驚き感心させられた。

そんなわけで彼の学長は某先生などと全く違う人間で、学生会を大人であり一人前の人間としてとらえてくれた。そして学生を非常に愛してくれたことが今になってわかった。

私は善意の人となった感があった。試験では教授を始め医局の先生が試験の最中に指さして教えてくれた。

学生会活動をして、ストライキを打ったが、こんなことを感じている。喜んでストライキを指導する人はいないと思うということ。その中で私は正しいことを正しいと言わないことはいけないことだと知ったのだ。

少し強がりに聞こえるかもしれないが、私は退学を覚悟してのぞんだのだということを、悩みながら決断したことを憶えている。我々が気をつけなければならないのは、自分がどの立場に立っているのかで変わってくるということだ。プロパガンダという言葉があるがこれには気をつけた方がいい。特に現代では報道や情報操作がどのように行われているかわからない。全体主義、中国やロシアのような国は、独裁者を許してはいけないのだ。

違う立場の場面さえも、作り変えることもできるプロパガンダは恐い。ロシアのプーチンはその操作の達人なのだろう。その作戦にのってしまうことが許されない。ゼレンスキー氏は、民族主義をかざし多くの若者を戦場に送りこむことは、彼には当然といった考えがあるようだが、そんな声が聞こえなくなったことの方が、問題が大きいのではないかと思う。現代の恨みをつきつけている。

人生をかけて闘っていくということは必要だが、武力を使うことは良くないことだと思う。家庭内暴力と同じだ。一度暴力でものごとを解決した人は、同じことを二度以上することになる。このような女性の恨みを聞いたことがあるが、それは他人を無視した振る舞いと暴力で解決しようとした夫が悪いのであり、再婚をせまっているというが、それはやめた方がいいとはっきり申し上げたことがある。

これからは戦争そのものを否定しながら生きていく必要がある。一時の怒りで、不条理に腹を立てることは大事だが、絶対に武力を使うことは許されない。不戦の心がまえを日頃より訓練しておかなければならない。それは防火訓練のようなものなのだろうと思う。

戦時中にみんなが左を向いているのに、右を向いて生きることは実に大変だろうと思うが、勇ましい言葉に酔ってはいけないことなのだと。人類は進歩していない。いつもいさかいは続く。しかし私たちは、権力主義だったり、国家というものを安易に使う指導者には気をつけよう。安倍元総理の権力主義や、国家論には反対である。国葬などもってのほかである。それを思うと、マハトマ・ガンジーという人は偉い人である。

すなわち、こんなことを感じている、正しいことは正しいこととして発言していく必要があるが、すべて武力で解決しようとすることはいけないことと思われる。全体主義をとなえて、戦争を起こしたプーチンも最悪であるが、ゼレンスキー氏もコサックの血を引いているせいか、勇ましすぎて、民族主義をかざして多くの若者を戦場に送りこむことを、支配者としてどのように考えているのか。戦争が嫌いな人は多くいるはずだ。そんな声が聞こえてこなくなったことの方が、大きな問題かもしれない。ともかく人生をかけて闘っていくことは必要だが、武力を使うことは良くないことである。それは家庭内でも同じだ。すぐに解決したいと思う男性は暴力をふるって物事を解決しようとする。

教授の話から、話が大きくなってしまったが、戦争もこれからは解決策ではないということを確認する必要が大いにある!!

国家試験

そのあとの医師国家試験の時もビックリした。試験官が「なるべくカンニングをしないように」との発言があり、会場のみんながエーという驚きと大笑いだった。私たちの緊張をほぐすためのものだったのであろう。確かに私自身も公衆衛生の試験で両サイドの同級生のものをチラリと見たが、両サイドとも解答は全く違っていた。そこで間違っていたものをまねて落ちたらばかばかしいと考え、それ以後は国家試験ではなるべく、いや全くしなかった。

そして私は学生時代よりヒゲをフサフサと伸ばしていたが、週刊ポストに初めて掲載された時には紫色のヒゲをはやした男となっていた。

国家試験も最後である口頭試問を残すところとなった。のちに大原病院（野兎病で有名）に研修にきていた方と酒場で会い、こんなことを言っていた。

「絶対にあのヒゲ男は落ちるぞ」

みんなでそう話していたらしい。試験官の先生が心電図をもってきて、何かと言われたがわからず、わかりませんと言うと、心房細動の心電図を出してくれたので、それは心房細動だと思いますと答えると、ＯＫです、と普通の人より短い時間で終わった。ある同級生は生意気なことをいったので、一時間近く残されていた。要するに精神病患者をみつけだすための試験であるとわかった。藤岡君のみが他の所の試験場で受けたのであるが、早坂君の言う通り、変わった男であった。

そんなわけで国家試験が終わると、みんな動き出した。私は青医連運動に心をささげていた（？）ので、オルグで研修のできる民間病院を訪問していた。44青医連の発足である。しかし社学同より分派した赤軍派が、あせりのあまり武装闘争を提示してきた。鎌田君も反対だった。田舎の学生には毒だった。消化できないままに実装し数名の学生と山野辺君がパクられて、さらに遠藤君がいた。

遠藤君は民青系であるが、我々のオルグで執行部に入っていた。数年後彼を励ます会を開いた。それはこんな会話からである。お前が弁護士になったら帝国ホテルを貸し切ってパーティを開いてやると話したことがあった。その翌年彼は中央大学を出て司法試験を受け、無事合格。私も言った手前、帝国ホテルの一室を借し切り、約束通り、全部ではなかったが祝ったことがあった。彼は早く亡くなったが、娘さんがおり、彼女が彼の意志を継いで弁護士さんとなり、弁護士として現在がんばっている。そして私の病院の顧問弁護士を父子で担っているところだ。

こんなところで、いったん大学での交流（ボート部創設、学生会、学生運動）の話はやめておく。

学生運動の終焉

大学を出て7～8ヵ月、青医連の運動には未練があった。東北青医連をつくるまでやりたかった。卒業後の医師研修制度をつくることにも興味があった。

一方赤軍派が革命意識を煽っていたが、バス1台で10月11日（だったと思う）に、明治公園に行った時、周囲の動きは革命とはほど遠く、失意の状態であった。それ以上は私と親父との関係で言うと、これ以上前進すると父との関係が最悪となるであろうと思えた。

東京へ帰ったあと、父に身上書を提出するようにすすめられた。それを書くことは完全に父に屈服することを意味し、体制側に立つのか反体制の立場をとるのかということをせまられていた。

革命家として、私は能力がないし無理であると、私がもう少ししっかりしていれば梅内君始め、多くの犠牲を出さずにすんだはずだと、自分を責めた。遠藤君、山野辺君、木村君たち、多くの戦友を、なくしたことを後悔している。私がこれ以上福島に止まることは、さらに多くの犠牲者をだし、そして追従してきた人たちを不安なまま指導することはできないと遅かったが気づき、福島を去ることにした。

ある意味、私がいなくなることは、あまり目立たない状態だったのだろう。自分に振りかかる火の粉をまず払わざるを得ない。私は今でも青医連運動は正しいと思っているが、それができなくなることを意味していた。まず自分の頭を整理してから、ここで時間を浪費することが正しいと判断した。少し外国でも行ってきたらと父にすすめられたが、そんな気にもなれずにいた。そんな中で東大闘争の終焉をテレビでみた。昭和45年1月だったと思う。火の手が安田講堂に上がり、明治大学系の応援部隊が降伏した。学生運動の終焉を意味していた。私も終わったと思った。私たちは学生会活動をする前に、大学の自治について語っていたが、東大闘争では、時の加藤総長が大学の自治を叫んでいた。だが時の権力により完全に掌握された感じであった。

学生運動も自治に始まり自治に終わった。戦鋭化した赤軍派による武闘がその末路を意味していた。その後、福島医大では、学生会も静まりかえって、その後はその後遺症をひきずって歩いているような感じがする。

その後　約1年くらい腑ぬけになっていた。

そんな時、1級後輩の山田君が茨城県阿見町の東京医大の忘年会に講師としてやってきた。相変わらず浪漫について語っていたが、まだ大学院ボイコットのことが気になっていたと見えて、苦しんでいた。

私はこう言った。

「それは戦術としてかかげたもので、闘争が終わったあとでは全く問題の外である。自分が率先して指揮を執ることはできる」

彼が人間的すぎるゆえの悩みであった。その意味で私達の単なる戦術であったものを道義的にくつがえすことはできない。

大学院ボイコットや博士号ボイコットとか、時には戦術であり、自分自身を縛るものではない。その総括を出していなかったのか、闘争時代が消えてしまったのか。

医学部委員長の栗原君が、私を評して、こんなことを言っていたのを思い出す。平塚さんはアジテーターでなく、オルガナイザーだと。いったい彼は何を求めていたのか。

私も実は悩んでいた。共済病院は、国家公務員共済組合が経営していたので、博士号をとらないと医長にもなれないとのことだった。優秀な菅谷先輩に指導していただければ、博士号もとれたと思うが、そんなことは私には道義的にできなかった。そういうわけで、このまま共済病院で一生を静かに過ごすことで閉ざされた私は、開業の道をさぐるようになった。

東京へ

いよいよ東京へ出てからのことを書こう。

昭和44年の卒業後、一年間はモヤモヤとしていたが、次第に日常が戻ってきた。軟式テニス部を立ち上げ、部活として一人前にしたように思う。あちこちで合宿したり、多くの女の子を誘ったりした。一人は（三品）真理子ちゃんで、彼女は看護学校の学生さんであったが、何か光っていた。秋田出身で秋田美人であった。なぜに光っていたのかというと、患者さんが脱いだはきものを丁寧に揃える姿を見たからである。開業医（整形外科）の先生の教えが良かったのか、気が利きすぎたのか、彼女の持ち前のものか。ともかく素敵な人で、完全にまいってしまった。合宿に行くとそのすばらしさは目を引いた。それは女房とそれ以前の彼女に挟まり、どのようにすればいいのかわからなくなっていた。

いきなりそうなったわけではない。

熊谷君が東京へ帰ってくると、まず長屋を訪れてくれた。用件は、三品さんを私に譲ってくださいというものだった。彼女は46年卒業予定の女性で、まだ学生であった。私は彼の訪問に驚いた。そのようなお願いをされるとは、私は全く考えていなかった。当然私は彼女のことを束縛するいかなる権利ももっていないことを話した。

卒業と同時に結婚したいというのである。よろしくと言って帰した。学生運動を整理し、運動の内で知り合った彼女のことは忘れていたのが本当のところで、記憶の内から忘れるようにしていたので、なおさらである。彼女とはその後会うこともなく数年前に亡くなったと報告があった。

熊谷君は子供2人をもうけ、2人とも医学部にいれた。彼女の死後、数ヶ月で透析病院の婦長さんと結婚したらしい。「熊谷も大変だったな」という話を聞いた。長男はいいのだが次男が再婚に反対していたというものだった。熊谷君も彼女も晩年は大変だったのかなと思った。熊谷君は今でも福島産の桃を送ってくれる。桃をみるたびに熊谷の実直さと三品さんはどうだったのか考えさせられる。

結婚

私は33歳の時、現在の気の強いカミさんをもらった。故郷の人が紹介してよこした。

女房との形式的なお見合いはさらっとすんだ。おやじが彼女の職場に行った日、テレビをみたらそのおやじが三億円事件の報道でテレビに出ていたので、それは判断するのに影響したと思う。スキーに誘って、八方尾根までいった。あまりスキーは上手でなくボーゲンがやっとであった。斜面を降りるのに大変だった。

彼女は3人きょうだいで、兄さんは群大の医師であり、弟は明治の学生であったと思う。義理の父は常陽銀行に勤めていたが、当時は銀行協会に出行していた。

結婚は4月にとりおこなわれた。両親は何か突発的なことが起こるのではないかと心配していたが、何もなく終宴となった。そして翌年11月には長男「圭介」が生まれた。臍の緒が首にまきついて陣痛がくるたびに子供の脈が乱れるので、帝王切開となった。その後妹が生まれ、開業してからもう一人妹が生まれた。結婚に対するおやじの条件として、同居することとあったが、半年もしないうちに、おやじと嫁がケンカをしていると連絡があった。病院の務めから帰って話を聞いたが、原因は何ともつまらないことであった。

嫁は出ていくという。「私は進さんの嫁で、平塚家の嫁ではありません」ときっぱり言ったらしい。

共済病院の寮が一部屋空いているので、そこに引っ越した。なんとも強い女だと思った。

圭介が四歳の時、いなくなり、当時は病院の裏側にあり、現在のつくばの南大通りのお向かいさんになっている金属材料研究所（金材研）の寮が家の前にあったので、みんなでさがしてくれた。３００メートルくらい離れた中目黒駅のあたりで発見してくれた。誘拐されるところであった。吉展ちゃん事件のことがあり、振り返るとゾーッとする。

義理の父の持ち家であった西高島平の家へ引っ越し、1、2年で神立へ引っ越した。

開業に向けて

33歳で結婚し、何をしようかと考えていた。37歳頃かと思うが、木原先生より紹介された島田さんというブローカーさんと一緒に飲んだ。

そして何故か知らないが、国立銀行からお金を引っぱり出すことができるという話があった。私としてはなるべく初期投資が少なくてすむ方法はないか模索していたところで、どうせやるならベッド（入院ベッド）を持ちたいと考えていた。建物を建てると、土地代として2億（最低でも約300坪）かかる。建物は7～8億、とても車を駐車するスペースもないのではと考えた。私自身はほとんど金がない状態であり、このような借金をしたこともなければ、そのようなお金を動かしたこともない。当然のことだが、翌日トイレに入ったとき、冷や汗がでてきた。とても10億以上の金を動かすことはできないと思った。早速おことわりの電話をした。このように博士号をとらないことは、必ず次のステップを踏めないということだった。

ベッドを持つという考えは、それ以前にはなく、正月に実家に帰り、1階は診療所、2階は八兵衛よろず相談所を開く、という提案をした。しかし、親が最近便秘と下痢を繰り返しているのだと話を聞き、このような相談をすることはできなかった。そんなことがあって病院を持たないで、父の名をかりながらの開業が夢であったが、残念ながら、違う闘いを夢みるしかなかった。

それから鈴木先生を始めとする消化器グループと相談し、父親の検査をお願いし、内視鏡検査で確認することとした。十二指腸まで進むと、そこでファター乳頭という、開口部があり、すい臓や胆汁液の出てくるところに造影剤を逆行させるわけだが、注入した造影剤がすい臓の中央部でぷっつりと途だえた状態がみとめられた。その当時はエコーもCT画像もなく、最終的な診断となった。当時すい臓の手術をする先生はあまりいらっしゃらないということで、東京女子医大の羽生教授を紹介していただき、手術を受けることになった。OPを見させていただいたが、抗がん剤のトローチ状のものをすい臓あたりに縫いつけるといったOPだった。周囲の患者さんはほとんどすい臓癌の患者さんであった。

その後私の勤務していた共済病院へ転医、養生することとなった。

さきにも述べたが、国道16号の内側には、坪60万以下の土地はなく、柿生周辺での開業はできないと判断して、神奈川県での開業はあきらめた。ふるさとの神立あたりを物色し始めたところ、医療器械をあつかっていた親せきの中根さんが中川さんの土地を紹介してよこした。

私の子供の頃、神立は駅周辺にわずかに家がある程度で、さびしいところであった。さらに日立さんが病院をつくるといった話などが出ていたため、当時はあまり興味がなかったが、20年くらいたった神立は、以前と全く違う様相をしていた。人口が多くなり、数万人もの人が住みついていた。子供のころ友達のところへ遊びに行くと、今は駅より真っすぐに伸びている神立中央商店街はなく、駅より500メートルくらいの所より先は田んぼで道だけといった姿であった。その先は何があるんだろうといった感じであった。

それがその倍くらいに住宅が立ち並び、県営団地のあたりまで広がっていた。神立の駅は、西口に出ると左側には土浦市、右側にはかすみがうら市（当時は千代田村）という立地であり、人口数千人程度の村であったのが変ぼうをとげ、駅をとり囲むように発達した町となっていたので驚いた。そして、日立製作所、日立建機の工場も数千人単位で働いていて、日立がカゼを引くと町は肺炎になると言われていた。以前には日立関係の病院をつくる話がでていたので、あまり眼中になかったが、それも立ち消えになっていたのが幸いした。

よし、ここの町ならなんとかなるだろうと考えて、足繁く通った。そんな時、現在病院の立っている場所の地主さんが借してくれるとの話がまとまりつつあった。

父は私の考えを知り、「まじめにやれよ」とか「みんなに迷惑をかけるなよ」と心配をしていた。あの日、「神立へ行くんだ」と言って部屋を出る時、「進むくんや」と声がかかり、「俺はガンじゃないだろう」と聞いてきた。私はあまりの唐突さにびっくりするとともに、この男は癌を否定してほしいのだ、でもこんなときに言われてもといった感じであったが、鬼の八兵衛もやはり人間であるのかと、精一杯のうそをついた。「癌であるわけがないだろう。すい臓の炎症だから必ず治っていくから」と。

父亡き後

父が亡くなってからの私は、重しのとれた馬の如くかけ回っていた。私は馬年生まれなので、馬が合っているという冗談を言っている場合ではない。父の死後、39歳の時に開業を果たした。銀行も私も折れた、19床でやっと許可をしてくれた。私は今でも建築家の宮本君に対して逆さになっても何も出ない状態で、全く無一文であった。

その時代の金利は8％以上であった。現在との違いがわかる。その間私は美浦中央病院でたのまれ院長を1年間担った。その時の看護婦さんに浅野さんなどがいて、その方を一年間お借りしたのが非常に良かった。1年目で満床満床の連続で800万円の利益が出た。午前中外来、午後よりOP、午後4時より外来再開といった具合であった。銀行も支店長が代わり熊田さんという方だったが、その人には精神的に助けられた。

「先生が気になっているのは、担保で貸りている義理の兄さんのことでしょう。それを最初にはずしましょう」

と言ってくれたことが非常にうれしかった。

開業をしてから2年毎、建物をつくったり、増改築をくり返した。84年、まず病床数40床、どんぐり保育園（院内保育園）を開設した。2年後に54床、3年後（平成3年）には100床に増床し、医療法人青洲会を設立した。開業したときのベッド数がこんなに早く増えていったのはうれしい誤算だった。しかし、その一方で、厚労省の方針にそって作った運動クラブで、国から運動機器の補助が出た健康増進クラブは、当初は順調かと思われたが毎月500万の大赤字を経上するありさまだった。そんな時、介護保険法が通過し、「居続ける老人たち」と新聞・テレビが報道してくれたおかげで、現在のデイ・ケア、デイ・サービスが許可され保険適用となった。

これは実に幸いなことだった。すぐに改装を指示し、老人用の風呂に変更し、サウナ、薬湯はやめた。それでやっと数字が出るようになった。
しかし、シンジケートローンとして、まだ10億近い借金を背負っている。今後どうするか。考えどころだ。スクラップ&ビルドの中で考えるべきだ。

何とか我慢すれば、時を得て何とかなるものだと教訓を得た。ただし世の中の変化に即応したものでなければならないということが鉄則である。

その後、介護老人保健施設さくらを開設。入所者数100名、通所者数48名。このような施設はいままでは経営状況が良くなければ許可されなかったのだが、許認可要件がゆるくなったことで、我々はこの事業に取り組めた。現在は病院系の治療後に老健が全体を取り仕切ることになっている。そんな立場の施設が必要とみられたせいで、許可条件がゆるくなったのだろう。

今後私たちは、老健のあり方が病院及びその他の組織の中心であることをここで確認し、自分たちの組織の方向性をしっかり分析し活用する必要がある。

私たちはすべての組織を有している。常時上手に運用していく必要がある。

最初の外来病棟の部分はB棟といった。その建物に50床の増加ベッドを加え病院となるいわゆる医療法人神立病院として発足した。

このころ、当直兼任で日中はテニスをしていた。アンツーカー（人工土）のテニスコートを三面作り、霜で浮いたコートを自分一人で踏み固めたものである。当時はナンバーワンの鈴木さんとのつき合いが始まっていた。女性的なイメージをもつ彼であったが、テニスは強かった。特にバックハンドが強く、前衛は狙われると逃げまどっていた。その頃のメンバーに日立建機の三沢さんがいた。気まじめな好青年であった。まもなく東京の方へ栄転していった。

24時間365日診療が私の標語で、いつでも診ますというのが私のモットーだった。夜間に来た患者さんには特に意識的に、

「いつでもいいから、何かあったら来てください」

という商業的言葉をはいたのが良かったのか、来院者一日百人以上はずっと続いていた。

そんな中、ある日曜日にテニスをしていると木村看護婦が、

「先生、患者さんですよ」

と呼びにきた。行ってみると、10人ほどの人が吐いたり腹痛を訴えていた。食中毒の症状で、初め10人くらいをゆっくり一人一人診ていたが、患者は次々にバスでやってきた。一人一人診ていくのは到底無理で、病院職員全員を呼べと号令した。まず3段階に患者さんを分けた。野戦病院はこんなものかと思わせるもので、Aは軽い人で薬だけ処方して帰す人、Bは点滴をして帰す人、Cは嘔気がつよく食中毒として入院させなければならない人と分け、2、3百人を夕方までにはほぼかたづけた。

日立の寮に集団で生活していた人たちに、インフルエンザがひどく流行したこともあった。あれはつくば万博の時だったと思う。寮内でインフルエンザが蔓延する状態で、バスがカゼを運んでくると言っていた。

バブル期の平成3年、「居続ける老人たち」というテレビ番組をみて、関西の方では、老人が温泉付きのところに居続けるといった状態だというものだった。それに刺

激された私は関西まで行き視察して、ライオンズのメンバーに話をもちかけたが、10億近い金額がかかるのでみんな引いてしまい、結局私一人でやることにした。これは1階の薬湯を含む部分をデイ・ケアとして発足させ、3階の部分はゆったりするデイ・サービスの部屋とするものだった。

病院の所君が「はつらつクラブ」をつくり、一定程度のリハビリが大事という皆さんの感性にピッタリのものとなった。いろいろ考えたが、状況の変化があればそんなに恐くない、目的のためには犠牲も必要だとわかった。当時は、現在のように日常的に体力の増強が当然といった時代がくるとは思わなかった。

このように苦しんだ所に救いがある、いや人材が増加する。それが大事なことだと思う。

老健施設は規制がゆるみ、病院として今後主要になる部分が形成されていった。その後社会福祉法人を起こした。いなの里を皮切りに、同時に身障者施設とさくら苑が許可され、次は阿見こなんを開設した。これは失敗であった。50床の特養を経営することは困難という実態をみた時、増床を早くやらなかったことがくやまれる。

これは高くついた失敗例であるが、それでも地域の内では一番早い対応となり、その頃の時代を担った。所君はリハビリの真価をみせつけてくれた。本当に彼には感謝している。これらを指導してくれた尾崎先生にも感謝している。

経営者というのはビビッてはいけない。いつでも苦境はつきものなのであるから、現在の人手不足といったことで本来の状態、50床では数字が出ないという現実を先に考えるべきだった。そして今期やっと増床となった。いろいろな変化がでてくるだろうがそれに対応して〝なんぼ〟なのである。現在病院は息子の圭介君が十分以上に行っているが今後も続けていってほしい。その体制がどうのこうのと女性群が言っているが、そんなことではない実態が先行する。私の考えが一番とは言わないが、参考にしてもらう意味で反論する。私の独善的な考えとしてある大きなヒエラルキーは、戦場にはむかない小さなヒエラルキーに変更して早い動きが大事である。そしてTOP DOWN的な発想からの飛躍こそ大事である。

私は多くの人の助けで今日までやってきた。早めに桜井先生（義理の兄さん）が透析室開設に尽力してくれた。

そして尾崎先生とのリハビリステーションづくりにつきる。現在の病院のおかれている問題はすべてこの時代に育まれたものと言っていい。感謝しています。

もっと小さなヒエラルキーをつくろう!!

今、我々がおかれている問題は、病院の周辺のいろんな苦難を買ってでも対応する体制をつくることで解決できると思う。それは人材であり、経験である。

そろそろ老害になりつつあるが、自分が見える間はまだまだ大丈夫だ。

さくら苑の周辺の開発は、社会性がないからという理由で継子あつかいにしているが、これには問題があると思う。

朝4時にテレビをつけたら樹木葬の話が出ていた。詳しくは知らないが、おそらく、江戸時代より前はお墓など、ちゃんとしたものはなかったのではないか。由緒ある石作りの墓は、それなりの家だけだったと思う。世の中は墓地、お寺さんの原点を失いつつある。一時的なものか現象かということだが、これは一時的なものではない。樹木葬、一般的な墓地、ペット葬を含めて、その分野は未知であり、組織にとってやりがいのあるもので、村おこしにもなると思う。

ライオンズの仲間たち

萩原光義とはなんとも奇妙なめぐり合わせだ。国道6号線沿いの陶陶酒のレストランがロータリークラブの例会場であった。例会場の下に小さなレストランがあり、そこで例会後酒を飲みながら、いろいろな事を話した。そんな中で、私が昔、神立駅で列車から飛び降りた子供がいたなという話をしたところ、それは俺だと話す男がいた。それが光義だった。小学生だった彼は、両親と一緒に土浦に買い物に行ったが、自分だけ先に帰りたくなり、駅でまた汽車に乗ったところ、急行列車で神立駅でとまりそうもなかったので、後方に向けてとび降りたんだと自慢していた。神立駅は土浦からくるとわずかに登っており、当時の列車はあえぎながら走っていたせいで、軽いケガ程度ですんだのだ。

　よくおやじが列車に走りながら乗ったものだと話していたので、うなずける。寄居のあたりが一番高いらしい、奇妙なめぐり合わせであった。

　彼はすさまじい入会希望者を連れてきた。二十数名しかいない、まさしく鴻巣徳次郎ガバナーに弱小クラブとしてさげすまれていたクラブを、あっという間に仲間を入れて大きなクラブにした。本人もガバナーを務めるくらいに立派に成長したのはすごいと思う。彼が言うには、高校も出ていないガバナーは初だといばっていた。その居酒屋ばかりでなく、車をそこにおいて飲みに行ったりしていた。

　そんなある日、翌日になり車が自宅の前よりなくなっていた。あわてて警察へ電話したところ、やっと昨日のことを思い出した。飲んだ後、車にもどり、常連だった「ナンバーワン」という店まで乗っていったことを思い出したのだ。自宅と200メートルくらいしか離れていないその店の駐車場へ行くと、すでにおまわりさんが車のそ

ばにいて、

「どうしてこんな所にあるのでしょうね、車が一人で走ってきたのでしょうか?」

と言って、特別に訳も聞かずに帰してくれた。せせこましくない、飲酒運転にもうるさくなかった時代のエピソードだ。

彼と駅前の焼肉店で話をしていると、いつもケンカとなり、お前とは話したくない、顔も見たくないと言って別れ、どちらからともなくよりを戻す腐れ縁となった。彼がガバナーとなる前、そろそろライオンズクラブをやめようかなと思っていたところ、彼からエクステンション委員をやってくれと言われたので、やめるとも言えず、委員長の役目をおおせつかった。

県議の戸塚潔さんが応援してくれた。

まず女房も含めて私のグループ、薬剤師仲間も入れて、彼と一緒に飯を食った。三共建設の宮本慎二君を入れたり、総勢二十数名を入会させた。そして田谷先生グループを入れ、商工会青年部を卒業した人たち、池田君、大塚君、奇才石屋の塚越君たちのグループ、そして既存の土浦北ライオンズクラブの子供たちを入れこれも十数名といったところで、若い人たちの交流の場として発展していった。

クラブ名を何にしようかという時、ここにはオールドオーチャーゴルフクラブがあり、つくば周辺に樹木を植えるのを商売としていた戸塚君の、この辺りは昔は樫の木がたくさんあったとの話から、ＯＡＫライオンズと名をつけた。

そんなわけで4グループの合体が先行して、会があっという間にでき上がり、若い人たちのクラブができ上がった。４グループ作戦が図にあたり、変なくせのあるクラブでなく素直なクラブができ上がった。私は名誉会員として今でも、おもしろい、特に飲み会が企画されている時だけは、老体にムチを打ち、喜んで参加している次第である。ＯＡＫライオンズは、恐らく３３４地区で一番元気のあるクラブとなっている。私は土浦北ライオンズクラブにはほとんど出なかったが、ＯＡＫライオンズだけは続いている。

もう一人、奇人変人は、変な出会いがあった豊崎君だ。

彼の母ぎみ、妹を知っているのは私だけだろう。彼は高校生の時、車の事故で膝を痛め、十字靱帯損傷で入院治療した。母親の再婚先である豊崎を名乗りだしたのはそれからである。

塗装業をしていた彼の父親が、なぜかは忘れたが、数週間だったと思うが入院し、退院祝いをしようということになった。彼はいなかったが、豊崎君の両親夫婦と私と婦長の片山さんらと5名で、二次会で村はずれの宴会場で飲んで、私の運転で3次会に行こうということになった。みんな乗ったかときくと、乗ったよというので、バックをして駐車場を出て表の道路に出たところ、ライトに照らされた車の前に横たわっている人がいた。車に乗っているはずの今日の主役である豊崎さんだった。ビックリして酔いもさめ、かけより、そのまま車に乗せ再び入院となった。レントゲンでは足の親指にキレツ骨折がみつかり、そして腹あたりに車のあとがあったが、特に腹部に問題はなかった。車に乗る時、彼は車の後部でこけたところを、すでに彼は乗っていると思った私のバックした車に轢かれたとのことだった。運転していた私は、小さな石を踏んづけたのかなあといった感じであったが、彼が無事であったことは良かった。それ以上に私にとっては、人身事故なのに何のお咎めもなく終わったことは実に運がよかった。その後数週間再び入院となった豊崎さんは何もなく退院していった。

その後豊崎君に会ったのは、西武デパートの1階のパン屋さんで働いているところだった。そして次に彼と会ったのがライオンズクラブである。変な、実に変で奇遇である。

彼はやせたスラッとした青年であったが、膝が悪いせいか、運動もできないせいもあるのか、太りに太ってしまった。もう少ししっかり膝の治療をしておけば良かった。ギプス固定のみで、その当時はリハビリという概念さえない時代だった。

開業の際にマッサージさんを募集したところマッサージの男性と話の上手な深沢さんとが応募してきた。2人を比べるとは失礼にあたるが、深沢さんは、口八丁手八丁で簡単に仕事をこなすばかりでなく、顧客を集める能力をもっていた。鍼灸師であったが口で意欲を引き出す力をもっていて仕事をカバーしていた。開業したのが昭和57

年だから数年しかたっていない時期の出来事だった。その後平成3年ごろ尾崎先生が入局して、リハビリの概念を持ちこんできてくれたのだった。

ダイビングとスキー

その後、桜井先生主導で透析を開始した。桜井先生のおかげで実に立派な透析室ができた。

そのころ、麻雀が医局内でもはやっていて、メンバーを集める苦労をしなくてすんだ。特に、高橋先生のマージャンはすばらしかった。牌の動きをよくみてないとできないような、記憶力がないとダメなような打ち方をした。そして桜井先生の麻雀のいやらしい打ち方はすさまじかった。筑波大学の内分泌から来た大谷先生は、素直でいい先生であった。みんなとゴルフに行き、そのまま帰らぬ人となった。いかにも残念であった。そして透析室の高野先生が抗生剤の副作用で亡くなった。２人の内科医の損失は大きかった。いろいろなことを変更しなければならなかった。例えば、医師の数が少ないとまず当直が困る。当直日を埋めるのが大変だ。日中はいつも私がいなければならないところまで迫られた。当然のこととして、昼間明るい内は病院にいなければならず、当時始めた乗馬クラブ通いもできなくなり、夜になってからでもできる遊びに替える必要性が出てきた。そこで、ジョイフル本田のダイビング教室に申し込みをした。水曜日に長く続けていた競馬場の人達の診療所のバイトも、やめざるを得なかった。

競馬場に行っている時には、こんなこともあった。

12月31日にスキーに行き、スキーの外エッジがひっかかり横に転倒、珍しく後頭部を軽くうった感じがした。1月3日まで休みで、1月4日（水）に競馬場のバイトのために診療は午前で終わった。午後になったとたんに頭痛がした。次第に頭痛が強くなり、何かあったのかなあと、自宅には帰らずに病院に行きCTを撮ったところ、頭蓋骨血腫と硬膜外血腫があり、入院となった。頭痛がひどく、それ以外の症状はなかった。頭痛がひどくなると座薬を入れてもらった。女房の親指は太く、短い指で座薬を入れられた時の、あの親指の痛さは頭痛よりも痛かった。一週間もしないうちに退院した。

自分のメスのあとを数えると右腹部に急性虫垂炎の大きな傷、あとかたもない鼠経ヘルニアの術後、他に左肩の鎖骨前方の傷あとがある。これは常連の酒場で飲んで帰る時、自転車で転倒、左側より倒れ左肩を強くうった。レントゲンで見ると鳥口突起を根元からはがす骨折で、息子に手術をしてもらった。72歳の頃である。盲腸のところの術創は、その月、福島医大の同門会があり出かけていったところ、どうも腹の調子がすぐれず、あまり飲み食いせずに帰ってきた。翌日群大より派遣されていた、りん先生に診てもらった。体の大きな美人さんであったが、ベッドに横になると一目でわかったほど、大分消耗していたところに、盲腸あたりにこぶし大の腫瘤がふれた。先生これは虫垂炎と思われますが切除しましょうということになり、手術室の人となった。

回盲部の炎症で一固まりになっていて、なかなか摘出できず、一色（りん）先生の執刀のもと、手術痕は大きくなった。腫瘍はなく、盲腸の出来そこないだった。腹の傷をみる度にりん先生の顔が浮かぶ。

ダイビングは、飛び板飛び込み用のプールを使いマスクをつけ、マスクの交換をしたりして訓練した。夜間の勉強が終わると、伊豆下田の海水浴場へ行き、実地の試験をしなければならなかった。車で出かけたところ、目的地の海岸は人でごった返していた。海岸全部を黒いウエットスーツがうめつくすといった感じだ。その時私が思ったのは、ボンベ屋さんはもうかるだろうなということだった。ボンベの中は単なる空気を圧縮したもので、原価がかからない。１００人近い人がいるなかで一人２、３本はボンベを使うとなると１本２５００円と考えて一人５０００円以上、54万～64万円くらいにはなると思う。ボロイ仕事だなと思った。へたな人間のダイビングは足をバタバタやるので、砂ボコリが水中に舞い、視界が悪いことはなはだしい。そんなつまらないことを考えながら楽しい試験を終え、全員合格といった具合で帰ってきた。それからグアム、サイパン、宮古島などでもぐった。その後耳ぬき後に耳を痛めて、今はダイビングはやめている。もう一度、ハワイあたりかオーストラリア・シドニーの沖あいを潜ってみたいと考えている。

グアムに行ったときのこと、プレスリーの上着のようなのが貸し出された。大いに笑ったまでは良かったが、ボンベの調子が悪く、空気が流れてこないといった具合で、殺されると思い潜るのをやめた。

スキーは毎年どこかへ行っていた。大学当時は視界が真っ白になるくらい雪があったが、ほとんどスキーに行くことはなく、教養の時の体育の授業の一環として行ったきりであった。東京へ行ってからスキーの楽しさを知り、みんなでスキーに行くのが楽しかった。いわゆるスキーブームで、主に信越、上越（石打、湯沢）。信越といっても野沢あたりまで出かけていた。

山形の蔵王はコースとしては面白いが、コースとコースをつなぐアクセスが悪く、リフトも遅くヤボったい。東京周辺との差異を感じる。

宮本君と一緒によく行った、カナダのウィスラーは素晴らしかった。カナディアンロッキーがはるかに見わたせる景色は最高だった。

スキーも何かカベがあり、毎年初心者として始めるような感じだったが、万座スキー場で一日券を買って何十回と滑りこんだところ、スキーの感触を得ることができた。

70歳をすぎてスキーは億劫になりつつあった。75歳頃になり、自分はスキー板をつけない状態でもジャンプができないということがわかった。

恐ろしいことに縄トビに至っては全くできないことを知った。歳をとるということは、すなわち、これまで当たり前にやっていたことができなくなるということである。このような状態では、滑っていて板をコントロールすることはできない。さらにスピードについていけないといったことも起こってくる。スピードを出しすぎて板をコントロールできなくなれば、当然のこととしてブッシュまで行って止まるしかない。すなわち転倒してしまうのである。転倒してしまうと、それから起き上がることが大変だ。歳を重ね、優雅にゆっくりスキーを楽しむ年頃になったと思っていたが、ダメだった。

人間はバランスとスピード感がなくなった時、スポーツの大半はダメになることを実感した。

小関さんについて

彼について以前にも書いたが、おやじと最初の出会いで、おやじは彼のことを元気な男だと言っていた。

彼は4級先輩で、斉藤さんの件でも書いた通り、何せボス的存在であった。3浪以上して東大をめざしていたと、そして社交ダンスで東北地方のチャンピオンになったことがあるとの話だった。

そんな彼が私より1年くらい遅れてつくば市に開業した。私も彼が循環器系の医師として筑波大学にいるということは知っていた。前にも書いたが、平成3年、私が元気館なる代物をつくった結果、それみたことかと言われてもしかたのない状況だった。毎月500万の赤字を出した。テレビで「居続ける老人たち」という報道番組があり高齢者はそのような施設に居候をしているといった内容だった。

平成11年、介護保険新法が出てきたため、それまでのターゲットをきめない闘いは難しかった。今のように60歳前の人たちがこぞってジムに行って楽しんだり、毎朝散歩をする人がまだいなかった時代である。そんな意味でジム形式は少し早かったと思う。介護保険法が国会を通り施行された時、私はやったといった気持ちだった。そこですぐに父親から名前を頂いていた八兵衛というジムを、老人向けに改造した。それまでは1階は各施設の風呂、サウナは漢方湯あり、大きな風呂ありだったが、これを介護風呂に切りかえた。2階は講話室そして3階には半分はスポーツジム、半分は各種会議所あり、だった。厚生省の肝入りだったたため、2千万円くらいの補助金を頂いたジムだった。

そんなわけで老人向け介護サービス（デイケア・サービス）へと進んでいった。その意味で私の行動は早かった。それまでの借金はシンジケートローンとなって現在も払い続けている。あと10年くらいかかるそうだが、八兵衛改め元気館は、そんな独自の組織をもっている人はいなかった。

その後小関さん御夫婦が当院を訪れて感心して帰っていった。何のことかわからなかったが、元気館をみて、ビックリしたのか、今では彼の方が立派で大きな病院を経営している。先日コロナが騒がれた頃、コロナにかかったと新聞で読んだ。現在彼は認知症をわずらっている。まだ存命なのか心配である。一度はお見舞いしなければならない。

彼の病院は私の病院とは比較にならない程立派なもので、私は到底かなわないと思っている。彼は日頃、医師はディスポ（使い捨て）だと言っていたが、私は対局の終身雇用制度を考えている。

これもまた面白い話である。

病院の今後について

これは今後の経過によるものでなんとも言えないが、病院は地域の人のものであって、自分たちのものと考える事は良くないことだ。どのような形態、資本主義体制であれ、病院側の自己満足ではなく、地域ニーズに即したものでなければならない。そういう意味で、私たち一族に課せられたものは大きい。押しつぶされないようにしなければならない。プライドを持って夢を持って生きていかなければならない。信頼という報酬のために。更なる戦いをするために十分に準備しなければならない。日々、そう思っている。

あとがき

今になって思えば神立病院が、そして私が皆さまに慕われる存在になったのは父のおかげだと思っている。

八兵衛さんのことは多くの人がその名前を聞いたことがあると思う。特に60歳以上の方で知らない人はいないと思う。平野先生に病院で講演をお願いしたとき、平野先生は開業する際に名前を売るのに苦労したとの話で、父親が有名人である私のことをうらやましいと言っていた。

現代ではいかにマスコミを利用するかが問われる。八兵衛さんは知っていたのだ。マスコミの性格をよく知っていたのだ。父親の現役時代、毎日のように記者が東京の長屋に押しかけてきたのを見ていたが、すごいエネルギーだなと思った。お互いに情報を得るために、夜討ち朝駆けをしていたのだ。情報の多いところに人が集まるのが世の常だ。マスコミは貴重な情報源であることを、八兵衛は知っていたのだ。帝銀事件を始めとする大きな事件が続発する、戦後のまだ不安定な時代であった。

彼にとって捜査など、朝の野良仕事に比べると、楽な作業だったと思われる。その意味で仕事に熱心だった。最初の赴任は麻布の交番だったと聞く。すぐに頭角を現した。交番の前を通る人に対し質問尋問をくり返した。人にとって迷惑至極なことだが、彼はそんなこと知ったことではない。今の時代では考えられない。当然のごとく検挙率№1となり、警視庁捜査一課に配属された。

几帳面できれい好きで、一流が好き、犯罪者、例えば吉典ちゃん誘拐事件の犯人、小原保のような人間に対しても、同じ人間として深い思いやりで対応した、まさしく、まさしく鬼平だ。浪花節だよー、おっかさん。そんな父が好きだ。父への感謝の言葉をもって、本書を締めくくりたい。

著者プロフィール

平塚 進（ひらつか すすむ）

昭和17年生まれ。
茨城県出身。
茨城県在住。

父と子の絆

2024年 6 月15日　初版第 1 刷発行

著　者　平塚 進
発行者　瓜谷 綱延
発行所　株式会社文芸社
〒160-0022　東京都新宿区新宿 1－10－1
電話　03-5369-3060（代表）
03-5369-2299（販売）

印刷所　図書印刷株式会社

ISBN978-4-286-24383-2